書下ろし

推理小説

puzzle《パズル》

恩田 陸

祥伝社文庫

祥伝社文庫創刊十五周年記念　特別書下ろし作品

puzzle
パズル
恩田 陸

I piece

puzzle

鼎《かなえ》島に三人の男性の遺体

八月三十日午後、長崎県西彼杵《そのぎ》郡沖の無人島、鼎（かなえ）島で三人の男性の死体を発見したとの通報があった。発見したのはこの島に上陸した福岡県のハイカーで、三人の身元及び死因は不明。

八月三十一日付長崎日報夕刊より

＊

さまよえるオランダ人、またはさまよえるオランダ船 Flying Dutchman

このオランダ人伝説は、一六〇〇年頃に誕生したと思われる。作曲家リヒヤルト・ワーグナーはこれを題材にオペラを作曲したし、ハインリヒ・ハイネはこの話を『サロン』など何作かで取り上げている。

この伝説の筋はさまざまである。

オランダ版の伝説では、船長は、ファン・ストラーテンという名の強情な男で、悪天候の中をいまは喜望《きぼう》峰として知られている暴風岬を回って航海すると誓いを立てたが、やはり船は沈没してしまった。船と死んだ乗組員たちは呪《のろ》われて、その地点を永遠に航海することになった。彼らの幽霊船は、荒れ模様のときに喜望峰で見られると信じられていて、遭難の前兆であるとされる。

ドイツ版の伝説では、船長はフォン・ファルケンベルクという名で知られ、北海を航海する。この物語では、定期的に訪れる悪魔が、船長の魂を賭《か》けて、デッキの上で船長とサイコロ遊びをすることになっている。ある日船長は負けて魂を失い、呪われた幽霊となった。

　しかし、この『さまよえるオランダ船』は古今を問わず世界各地の海で目撃されている。しかも、目撃した者には災厄《さいやく》が訪れるとされ、多くの者がその直後に死亡したと言われている。

　のちにイギリス国王ジョージ五世となったジョージ皇太子も、一八八一年に、幽霊船との遭遇《そうぐう》をこう航海日誌に記している。

「一八八一年七月十一日、真夜中にいわゆる『さまよえるオランダ人』が船首を横切っていった。最初は妙に赤い光として出現したので、まるで燃えさかる船のように見えた。中央部にマストと帆が見え、一見したところでは通常の二本マストの帆船と思った。当初は百八十メートルほど離れたところを走っていたのだが、そのうち明らかに当方に近付いてきた。前部甲板の見張り番は『船首左舷《さげん》の間近にいる』と報告してきたし、船橋にいた見張りの将校もはっきりと目にした。すぐさま前部甲板に呼ばれた後部甲板担当の中尉も目撃し、その旨《むね》をはっきり証言している。だが中尉が前部甲板に到着したとき、その船は跡形もなく消え失せてしまった」

ジョージ皇太子には何も災厄は起こらなかったが、最初にオランダ人を目撃した船員はそののち見張りの最中に転落死し、船長は帰航直後に病死したという。

また、一九二三年一月二十六日の夜中の十二時十五分過ぎ、オーストラリアからロンドンに向かっていた船の四人の船員が、喜望峰で目撃した時の記録が残っている。四等航海士N・K・ストーンによる記述は以下のとおりである。

「午前零時十五分頃、われわれは左舷の不思議な『光』に気が付いた。月がなく、曇っていて、非常に暗い夜だった。われわれは、それを双眼鏡と船の望遠鏡でよく見てから、現れたものが光っている航海中の船の船体であり、剝《む》き出しの帆桁《ほげた》のついた明らかに二本マスト（これも光っている）の船であることを知った。帆は見えなかったが、マストとマストの間には光るような靄《もや》がかかっていた。航海灯はなく、船はわれわれに向かって、われわれの船と同じ速度で近付いてくるように見えた。最初に見えた時は、船は二、三マイル離れていたが、半マイルほどになった時に、突然消えた」

*

スタンリー・キューブリック、MGMの出資でシネラマ映画『星々の彼方《かなた》への旅』を製作

『ロリータ』や最新作『博士の異常な愛情』で世界の絶賛を浴びた映画監督スタンリー・キューブリックが、メトロ・ゴールドウィン・メイヤーの出資で『星々の彼方への旅』を撮《と》る。国際的な俳優を揃《そろ》えて八月十六日にクランクインするこの映画はシネラマ方式のカラー作品となる予定。なお、MGM

のロバート・オブライエン社長は本日（二十三日）、ニューヨークでこの映画の製作発表を行った。原作はアーサー・C・クラークとスタンリー・キューブリックとの共著で、今冬上梓《じょうし》される。ロケ地はイギリスのほか、スイス、アフリカ、ドイツ、アメリカ、屋内シーンはロンドンのMGMスタジオで撮影。脚本もクラークとキューブリックが共同で執筆する。

本作品について、キューブリックは以下のようにコメントしている。

「『星々の彼方への旅』は地球と私たちの太陽系にある惑星、そして銀河の遥か彼方への旅をめぐる偉大な冒険物語である。（中略）偉大な生物学者J・B・S・ハルディンは言った。『宇宙は我々が想像するより奇妙なばかりか、我々が想像できないほど奇妙である』（中略）宇宙は現代における最も大きなテーマでありながら、真面目《まじめ》な芸術や文学としてはいまだほとんど手つかずの領域でもある。

最初の有人宇宙船が実際に建造されつつあるし、アメリカは一日一千万ドル以上の資金を投じて月を目指している。探査ロボットはすでに火星と金星に向けて打ち上げられた。つまり、今こそ怪物や狂人という陳腐な宇宙観に決別すべき時なのだ。確かに、宇宙にはさまざまな危険が待ち受けている。だがそこには驚きや冒険、美しいものや新たな可能性があり、ルネッサンスへの旅立ちが暗黒時代に終わりをもたらしたように、私たちの文明を一変させうる英知をも内包している。（中略）

『星々の彼方への旅』は西暦二〇〇一年に始まる。そこでは月に恒久的な基地が建てられ、人間が火星に足を踏み入れ、この太陽系をめぐる主な惑星すべてに無人探査機が送られている。太陽の子どもたちのうち、知的生物を産んだのは地球だけであることがほぼ確実になっている。火星に単純な生命体が存在することをのぞけば、人類はこの太陽系では独《ひと》りぼっちだった。

ところが思いがけなく、しかもばつが悪いほど近いところで、地球外生命体の痕跡が電撃的に発見される」

（後略）

一九六五年二月二十三日、ニューヨークにて、MGMの『星々の彼方への旅（仮題）』の製作発表のための資料より

＊

元号《げんごう》制定

「光文」と決定——枢府《すうふ》会議で

枢密院《すうみついん》緊急臨時本会議は二十五日午前二時頃より葉山《はやま》新御用邸において開会倉富平沼《くらとみひらぬま》正副議長以下各顧問官二上《ふたかみ》枢府書記官長等参集し御諮詢《ごしじゅん》相成りたる

一、元号制定の件
を上議し慎重審議の結果政府提出原案を可決し倉富議長より直《ただ》ちに奉答する処《ところ》あつたが元号は「光文」「大治」「弘文」等の議案があつたが左の如《ごと》く決定した

「光　文」

＝改元原案決定（臨時閣議）＝

【葉山発】聖上陛下には遂《つい》に崩御《ほうぎょ》あらせられたる旨宮内《くない》当局より発表ありたるにつき内閣は直ちに二十五日午前三時三十分より葉山新御用邸内に緊急臨時閣議を招集し若槻《わかつき》首相以下各大臣全部塚本《つかもと》内閣書記官長山川法制局長官等出席して会議を開き皇室典範《こうしつてんぱん》第十二条並《ならび》に登極令第二条に基《もとづ》き右の改元原

案は上奏して枢密院に御諮詢の手続きをとつた尚《なお》右の閣議において大喪《たいそう》使官制制定の件並に大喪使職員任命の件その他諸般の重要問題に関して協議決定をなした

大正十五年十二月二十五日東京日日新聞号外より

新天皇陛下には大統を承《う》け万機の政を行はせらるゝに臨《のぞ》み、先帝の定制に遵《なら》ひ、枢密院の議に附し、愈々《いよいよ》「昭和」と改元せらるゝことに御決定相成り詔書を以《もつ》て公布することとなつた

大正十五年十二月二十五日時事新報より

新年号「光文」のスクープ

改元が須臾《しゆゆ》の間《ま》に秘密裏に行われるようになったため、反面新聞記者が新年号をスクープするようになった。

昭和の改元にあたっては、毎日新聞（当時東京日日新聞）が「光文」をスクープして、紙面の日付に使用したが、誤報となって大事件となったのである。

これは「光文事件」と呼ばれ、当時としては極秘の大事件で、一時は毎日新聞社長の辞表提出にまで進展した。とにかく『皇室典範』の規定により、先帝の崩御と同時に新帝が践祚《せんそ》し、新年号を発表しなければならないので、大正天皇が重態におちいると枢密顧問官の間で極秘裏に新年号の選定が進められ、そして「光文」と内定したのである。

ところが発表の直前になって、毎日にスクープされたことがわかって、急遽《きゅうきょ》、別に用意されていた「昭和」が正式に採用されたといわれている。毎日新聞のスクープさえなければ、光文は六十四年まで続いたわけである。

*

ボストンブラウンブレッド　Boston Brown Bread

これは祖母のレシピです。祖母はおそらく自分の母親からこれを教わったのでしょう。このパンは、土曜日の夕食につくるネルのベークドビーンズとよく合います。子供たちは土曜の晩のことを「三つのBの夜」と呼んでいました。ベークドビーンズとボストンブラウンブレッドと週に一度のおふろ(BATH)の、頭文字がみなBだからです。わが家には電気がなかったので、寒くないようにおふろはキッチンの大きな暖炉の前で入りました。毛布をつるしてすきま風をさえぎり、バスタブをおきます。大きな銅のやかんにお湯をいっぱいわかし、水をバケツに二杯とせっけん、タオル、スポンジを用意します。とても楽しいイベントでしたが、冬はちょっと寒い思いもしました。暖炉の側は暑いのに、反対側は床にこぼれた水がこおってしまうほど寒いのです。

ボストンブラウンブレッドは、当時もプリン型に生地《きじ》を入れて、三時間蒸《む》してつくっていました。とても香りのよいパンです。

プリン型かメロン型、あるいは四五〇グラム（一ポンド）のコーヒー缶二個に、たっぷりバターをぬります。

大きなボールに強力粉、グラハム粉、コーンミール、さとう、塩を入れます。重曹をモラセスとまぜ、ミルクといっしょに粉類のボールに入れます。バターとレーズンを加え、よくまぜます。

バターをぬった型に生地を流し込みます。四分の三以上は入れないこと。ふたの裏にバターをぬって型にかぶせ、ひもでしばります。そうしないと生地がふくらんで、ふたを押し上げてしまうからです。
蒸すときはやかんに湯をわかし、小さなごとくをやかんのなかに入れて、そのうえに型をおきます。型が半分ほど湯につかるようにします。弱火にしてやかんのふたをし、必要に応じて熱湯を足しながら三時間蒸します。

「ターシャ・テューダーのクックブック」より

＊

二万五千分の一地形図はこうして作られる

●空中写真撮影

地図作成の大本になるのが飛行機から地表を撮影した写真である。一定の高さから撮っていくのだが、その際同じ場所が縦方向で六十パーセント、横方向で三十パーセント重なるように写していく。あとで同じ場所の写真を二枚同時に見て地表の起伏を立体視していくためである。なお、二万五千分の一図のための本格的な空中撮影は昭和三十九年に開始した。

●現地調査

空中写真に写らない地名や境界、あるいは空中写真からは判別しにくいものについて、国土地理院の測量官が直接現地に行って確認し、それを空中写真に記入していく。登山道はこの現地調査によって地図に加えられることが多い。山岳地域での現地調査は十五年に一回のペースをめどに行われている場合が多い。
●数値図化
重複して撮った二枚の空中写真を機械にセットして凹凸《おうとつ》を立体視しながら、等高線、道路、建物などを現地調査の結果をふまえてハンドル操作によって描いていく。この際、ハンドル操作がデジタル数値に置き換えられ実際の線になる。この作業は、山岳地域であれば一枚分の図化に六週間近くかかることもある。

*

鼎島で発見された死体、未《いま》だ身元不明

八月三十日に鼎島で発見された男性三人の遺体は、未だ身元を特定できる有力な手掛かりは見つかっていない。

鼎島は古くから海面直下より良質の炭を産出したため、明治時代中期に本格的な鉱業所が作られ、そこで働く従業員及びその家族が暮らしていたが、一九七六年の閉山以降無人となっており、今回の事件で見つかった三人はそれぞれが鉱業所内の異なる場所から見つかった。

三人はいずれも三十歳代から四十歳代で、死亡したのは八月二十七日から二十八日の間と見られている。死因がそれぞれ異なるため、三人の死が互いに関係しているのかどうか、長崎県警は事件と事故の両面から調べている。

九月六日付長崎日報朝刊より

II play

puzzle

浮かんでいる雲は多いけれども、空だけを見ているとお天気の部類に入らないこともない。

だが、こうして俯《うつむ》きかげんに歩いていると、憂鬱《ゆううつ》な曇り空にしか感じないのは初秋の肌寒さのせいだろうか。

小さな船から降り立つと、地面の堅さに面食らう。それまでずっと海上で揺られていたので、固定された地面というものを異質に感じるのだ。人間の感覚がいかに頼りないものか思い知らされる。

四時間後に再び参ります、と制服を着た中年男性は丁寧《ていねい》に言い残してゆっくりと船を旋回させ、白い渦《うず》を引き連れて遠ざかっていった。戻ってくると信じてはいても、どこか心細い気持ちになる。遠く陸地は見えているが、四キロの距離は、普通の人間には楽に泳いで渡れる距離とは言えまい。

船着き場には、二人の男が残された。青年期を過ぎつつあり、そろそろ中年と呼ばれることへの抵抗がなくなってきている年代の男。

「それでは、事件の現場にご案内しよう」

黒田志士《くろだしど》は薄手のハーフコートの裾《すそ》を翻《ひるがえ》し、さっさと島の中に向かって歩き始めた。

船着き場に取り残された形になった関根春《せきねしゅん》は、後ろ髪を引かれるような表情を浮かべながらも、慌《あわ》ててその後ろについていく。

「噂には聞いてたが、凄《すご》いところだな」

「以前から廃墟マニアには有名な場所だ」

「でも、ここは無人でも企業の所有地だろ」

「民間人の立ち入りは禁止されてるんだが、不法侵入は跡を絶たない。漁船をチャーターしては、しょっちゅう物好きな誰かが来てるらしい。もっとも、三人の死体が見つかってからは暫《しばら》く警察が見張りをしていたが」

「こんなところで見張りをさせられるほうもたまったもんじゃないな」

春は珍しそうに周囲をきょろきょろしながら志土の背中を追う。

志土という変わった名前は同期の検事の中でも印象に残っていた。片仮名でシドと呼んだほうが似合いそうな、鼻筋の通った端正な容貌は、バイオリンでも持たせたほうが似合いそうだ。ひょろりとした手足の長い身体は、いつも趣味の良い服で包まれていた。長年通っている理髪店の担当者ですら彼の仕事を当てられないという。彼はただ「公務員」とだけ言っているので、理容師は教師だと思っているらしい。

コンクリートの巨大な堤防の脇の石段を登る。

冷たい風が頬に当たり、春は何気なく後ろを振り返った。

一瞬、灰色の海原《うなばら》に放り出されたような恐怖を覚える。かすかに揺れる水平線は空の雲とどんより溶《と》け合い、雲間から差し込む光が幼い日々の幻のように波の上を漂《ただよ》う。

この島に、今俺は志土と二人きりなのだ。

この周囲二キロメートルの小さな島、コンクリートの堤防に囲まれた無機質な廃墟の島。

「で、殺人事件なのか？」

春は志土の広い背中に話しかけた。

その背中を見ていると、ふと脈絡のない思い付きが頭に浮かんだ。

志土の身体は、あやつり人形にしたら似合いそうだな。長い手足に糸を付けて、上から吊したらぴったりだ。

「それが分からない。だが、事故とも言えない」

「分からない？」

足元が悪くなった。

どこからこれだけのものが押し寄せてくるのだろう。建物はまだ先だというのに、砕《くだ》けたコンクリートブロックや木材の破片などが足元に積もり、層を作っている。

目の前に広がるのは徹底した無機質の残骸である。

「気をつけろよ。島民が撤退してから四半世紀経《た》ってるんだ。台風と潮風にやられてどれも皆倒壊寸前だからな」

「危険だな。処分しないとそのうち大惨事になるぞ」

足元がジャリジャリ耳障《みみざわ》りな音を立てる。でこぼこしていて歩きにくいことこの上ない。コンクリートのかけらの角は思いがけなく鋭く、時に足の裏に痛みを感じてヒヤリとする。

「こういうのは処分するほうがべらぼうな金がかかるもんでね。放置してたほうが安上がりなのさ。おまえだったら跡地を何にする?」

「そうだなあ。トライアスロンの練習島かなんかにするってのはどうだ。ここまで泳いできて、島の高い箇所に、上りと下りの選手がかち合わないように二重螺旋《らせん》状のマラソンコースを作るんだ」

「ふうん」

「あ、自転車のコースがないけど」

「おまえって、変なこと考えてるんだな」

「なんだよ、そっちが聞いたくせに」

二人はなんとなく口をつぐんだ。

目の前に広がる凄《すさ》まじい光景に、春は言葉を失う。

それは死よりも無残な眺めだった。

一時期は数千人もの人間がこの狭い場所に住んでいたという。

次々と建てられ、継ぎ足された高層アパートが骨をむきだしにして半壊した姿をさらしている。地面の上には、かつて建物の一部だったものが足の踏み場もないほど折り重なっていた。西洋の麦藁《むぎわら》遊びのようだ。たくさんの麦藁を中央が高くなるように積み上げていく。もしくは、キャンプファイヤーの薪《まき》か。

どのような過程を経てこのような形に瓦礫《がれき》が蓄積されたのか想像もつかなかった。今は完全な静寂に包まれ、ピクリとも動かぬ建造物。これは嵐の度《たび》に壊れて積み上がったものなのか？　それとも、人間が存在しない時に彼等が身をよじって振り落としているのか？

ふと、足元からぴゅう、という間の抜けた音がして、何気なく見下ろすと板の下から小さな手が出ていてギョッとした。

ビニール製の、ちゃちな人形の手だった。人形の身体の上に上がったために、中の空気が押し出された音だったのである。

人形と分かっても気分はあまりよくなかった。

抜け殻《がら》。虚無。破滅。死体。さまざまな言葉が頭の中をぐるぐると回る。

まるで、死者を蹂躙《じゅうりん》しているような気分だった。力尽き、みじめな最期を遂げた巨大な怪獣の亡骸《なきがら》を傷つけているような気分。

それでいて、目に見えぬ圧迫感を覚えるのである。なぜかこの場所には巨大な存在が感じられる。この奇妙な緊張感は何だろう。誰かに見られているような。誰かがそこで息を潜《ひそ》めているような。今にも死者の亡霊に身を引き裂かれるのではないかという不安。

廃墟を歩くというのはこうも情緒不安定にさせられるものか。

「おまえは怖くないか?」

思わず春は志土の背中に話しかけた。

「何が?」

「この場所に霊気を感じない?」

「霊気ねえ。霊気よりも実際のホトケさんのほうが気になるな。突如三人も現われたんだから」

「ホトケの身元は割れたのか?」

「一人だけ」

「ほう。地元の人間か?」

「俺の同級生さ」

「え？」

春は耳を疑い、顔を上げた。志士は何でもない様子で、そのまま足音高く歩いていく。

「おまえの？　おまえ、確か静岡だよな？」

春はもう一度話しかける。

「そうだ。高校の同級生で、同じクラブだった」

「おまえって、何のクラブだったの？」

純粋な興味を覚えて彼の背中に尋《たず》ねる。この、一見スノッブで近寄りがたく、ひんやりした雰囲気を持つ男の高校時代には好奇心をそそられる。

志士はちょっと躊躇《ちゆうちよ》するそぶりを見せたが、ぶっきらぼうな声で答えた。

「超常現象研究会さ。いわゆるオカルト研究会」

「えーっ」

「そんなに驚くなよ。高校生だぜ。真面目な会じゃなくて、お遊びだよ。もともとは単なるSF・怪奇映画ファンの集まりだったのが、一応登録する時にそれらしく見せようってんでこの名前になったんだ」

「それらしく、ねえ。だったら映画研究会にすればよかったのに」

「映画研究会だと文芸映画が含まれちまうだろ？　俺は文芸映画が嫌いなんだよ」

その答えを聞いて、超常現象研究会という名前を主張したのが志土本人だと分かった。

「同じクラスで同じクラブだったんなら、かなり親しかったんだな」

春は話の方向を変えた。

「そうでもない」

志土はそっけなく答える。

「クラスじゃ違うグループに属してたし、どちらかと言えば気は合わなかったな。高校卒業以来会ってなかった」

「まあ、そんなもんか。高校時代の友人なんて」

「でも、最近ヤツが失踪したって噂は聞いてたがね」

「失踪？」

「うん。たまたま同窓会があって、俺は行かなかったんだが同窓会に出た友人から聞いたんだ。ここ二年くらい前から消息が不明で、ヤツのお袋さんが同窓会の案内を見て、誰かヤツと連絡を取ってた人間がいないか確かめに来たと言うんだな」

「へえ」

「凄い偶然なんだよ。俺はあまり偶然を信じないんだが、長崎に俺の親しい刑事がいてね。研修で再会して飲んで喋《しゃべ》ってるうちに、この事件の話が出たんだ。身元不明の三人の遺体のうち、一人がコピーした奇妙な記事を何枚か持ってたって話を聞いたんだよね。単なる好奇心でどんな記事だって聞いてみたんだが、その内容を聞いて、ぶっとんだ」

「なぜ？」

「これさ」

志土はコートの内ポケットから、折り畳んだコピーを取り出した。コピーのコピーらしく字が潰《つぶ》れている。

春は広げてタイトル文字を読んだ。


さまよえるオランダ人、またはさまよえるオランダ船

「なんだこりゃ？」

春は面食らった。どこかで聞いたことがあるような気がする。子供の頃、子供向けの怖い本があって、怪しげな幽霊船の絵が描かれていた。

そこに書かれていたのは、その伝説についての解説だった。ドイツ版やオラ

ンダ版があること、イギリスのジョージ五世も目撃し航海日誌に書き残しているること、など。

「で?」

「それ、俺の書いた文章なんだよ。一字一句違《たが》わず。正確に言うと、俺が何冊かの本の記述を繋《つな》ぎ合わせて書いた文章なんだ。俺たちが高校時代、学園祭のために作った、世界の有名な超常現象について書いたちゃちなパンフレットの記事さ」

「なるほど」

「内容を聞いて、まさかねって不安になって見せてもらったら、あのパンフレットの記事だとすぐに気付いた。あのパンフレットを持ってる人間は限られるからな。そこで失踪してるヤツが浮かび上がってきて、ヤツの歯形が歯科医の持ってるのと一致した」

「その記事がなかったら、まだ身元は割れてなかったわけだ」

「恐らくね」

確かに凄い偶然である。二人は職業柄偶然を信じない。捜査の過程での偶然は必然を疑ってかかる。だが、この場合は偶然としか考えようがなかった。

「他の二人は？」

「まだ分からん」

ザクザクと自分たちの足が立てる音が、最初は耳障りだったのにだんだん頼もしく思えるようになってきた。

集落の内側に入ると、海の姿も見えず、波音も聞こえない。まるで人類が滅びたあとの世界で二人きりで歩いているような気分になるのだ。

「結構足が疲れるな」

「これだけ瓦礫があれば無理もないよ。これなら山道のほうがまだましだ」

春は自分の息が上がっているのに気付いて愕然《がくぜん》とした。

馬鹿な、まだほんのちょっとしか歩いてないのに。確かに運動不足だし徹夜続きで消耗してはいるが。

「少し休むか」

春の動揺を見抜いたかのように志士が呟《つぶや》いた。彼に聞こえるほど息切れしていたのか、と春はバツの悪い思いをする。

どうやら公民館らしい四角い古びた建物の前に直方体の煉瓦《れんが》の固まりがあり、志士はそこにゆっくりと腰を下ろした。固まりというのは、どうやらそれはどこかから運ばれてきたか落ちてきたものらしく、公民館の建物の一部ではないからだ。かなりの重さがあると思《おぼ》しきこの固まりがどこからやってきたのか考えつつ、春はその隣りに腰掛ける。

「クリームパンとあんパンとどっちがいい？」

志士がおもむろに尋ねたので春は彼の顔を見る。

「あんパン」

反射的に答えると、志士はコートの左右のポケットに両手を突っ込み、ビニール袋に包まれた二つのパンを取り出した。

「ありがとう。ついでにコーヒーがあると嬉《うれ》しいんだが」

「コーヒーまでポケットに入る余裕がなかった」

廃墟でパンを齧《かじ》るのは妙な気分だった。食べるという生命活動をしていることと自体、この場所を冒瀆《ぼうとく》しているような後ろめたさを覚える。

パンはちょっと固くてぼそぼそしていた。

餡《あん》の甘さを味わいながら春は呟いた。

「さまよえるオランダ人、ね。子供の頃のTVのSFドラマに出てきたよなあ。時空の歪《ゆが》んでる家があって、扉を開けると悲しそうな顔をした外国人がぞろぞろ歩いてるんだ。あれはさまよえるオランダ人だ、って登場人物が指摘するシーンがあったような気がするんだが」

「それ、『続・時をかける少女』だろ。ロッキング・チェアに座ってたばあさんが赤ん坊になっちまうんじゃなかったっけ」

「それだそれだ」

春はふと顔を上げた。

静寂が全身に染みてくる。

「ここも、相当歪んでるよな」

「うん」

「外に出たら浦島太郎になってたりして」

「かもな」

「世界は滅びてる」

「男二人じゃアダムとイブになれんな」

「二人で静かに老後を過ごすわけだ」

もそもそと菓子パンを食べながら、二人は他愛のない話を続けている。

「志土、おまえっていつもいいもの着てるなあ」

コートの下に覗《のぞ》いている丸首の薄茶のニットを見て春は感心した。もうきちんと秋物を着ているのは、やはり志士がお洒落《しゃれ》だからだろう。春は、真夏と真冬以外はスリーシーズン対応のものを着ているので、あまりお洒落ということを意識したことがない。

「おまえだって悪くないモノ着てるぜ」

「俺のは全部貰いものだ。このくらいの年になると、サイズが変わって昔の服が着られないってヤツが多くてな。そういうのがみんな俺に回ってくる。俺、昔から肌着と靴下以外、買ったことないんだ」

志士はまじまじと春の顔を見て、春の着ているジャケットとシャツを見た。

「おまえ、友達に金持ちが多いだろ」

「そうかもしれない。貧乏人も多いが」

「俺の服はやらんぞ」

「志士の服は細身だから俺には似合わないだろうな。俺、結構首も胸も太いから」

「そういう意味じゃない」

志士はぶすっとした顔で答え、曇った空を見上げた。雲間に覗く青は、どこか寒々しい青だ。眺めていると、心がすっと冷たくなるような。

「あいつ、なんでこんなところで死んでたんだろうな」

志士は独り言のように呟く。

「死んだ三人は関係があるのか？」

春は胸ポケットから煙草《たばこ》を取り出し、志士にも勧めた。志士は片手で小さく拝《おが》み、一本抜く。煙草を勧め、火を勧め、一口吸ってゆっくりと吐き出す。この瞬間ほど、男同士がなにがしかの共感を覚える瞬間はないだろう。ほんの一瞬の共同幻想。淡い連帯感。

「分からない」

志士は乾いた声で答える。

「分からないばっかりだな」

「とにかくおかしな事件なんだ。そもそも事件なのかどうかも分からない」

「もうちょっと順を追って説明してくれないか」

春はまどろっこしげな表情になる。志土が断片しか話そうとしないことに不満を覚えていたのである。

志土はあきらめたような表情で煙草を吸い、渋々《しぶしぶ》口を開いた。

「八月三十日、午後一時頃のことだ。『廃墟マニア』の福岡の学生四人がやってきた。中に長崎出身の学生がいて、夏休みの終わりに大学の友人を連れて、親戚の漁師に頼んでこの島まで運んでもらった。上陸した四人は、島の中の別々の場所で死んでいる三人の男の遺体を見つけ、泡を食って警察に通報してきた」

「そりゃ驚くだろうな」

春はその場面を想像した。ホラー映画を見るようなつもりで、ちょっと気味悪い体験をしようとやってきた学生たち。普段は明るく平凡な日常を満喫している若者。そんな彼等が廃墟で出くわした死体。恐らく、最初はそれが人間だということにも気付かなかったのではないか。死体というものの異質さとその存在感は完全に非日常のものだ。

いや、むしろ、その異質さはこの場所には似つかわしいかもしれないな。

春は些《いささ》か不謹慎《ふきんしん》な感想を覚えた。

「三人は身元の分かるようなものは一切持っていなかった。もともと持っていなかったのか、それとも誰かが抜き取ったのかは分からない。三人とも小銭入れは持っていたし、自宅の鍵らしきものは持っていたが、どれも人物を特定する手掛かりになるようなものはなかった」

志土は淡々と話を続ける。

「便宜上三人に名前を付けよう。俺の同級生をA、あとの二人をB、Cとする。三人は司法解剖に回された。すると、Aは餓死であることが分かった」

「餓死？　ここで？」

「ずっとこの島に潜んでいたのか、死に際《ぎわ》にこの島に来たのかは分からない。だが、外傷も病気の痕跡も見られず、死因は衰弱死であると判明した。Aは鼎《かなえ》小中学校の体育館で倒れていた」

「へえ」

春は興味をそそられた。この飽食している日本において、餓死というのはかなり違和感がある。人間とはわがままなもので、かつて祖先が飢えから脱却するために多大な労力を費やしてきたのに、いったん食べ物の心配がなくなったとたんストイックなものに対する憧《あこが》れを感じてしまう。こうしている今も生活保護も受けられず、誰にも助けを求められず飢えて死んでいく人が、アパートの隣りの部屋にいるかもしれないのに。この落差。この現実感のなさ。

「次はBだ。Bの死因は全身打撲による内臓破裂で、その状態から見て、高いところから墜落したというのが最もピッタリする」

春は思わず建物の向こうに見える島の一番高い部分に目をやった。窓が黒く口を開けた高層アパートがそびえている。

「ところが」

志土は苦《にが》い表情になった。

「Bの倒れていたところは高層アパートの屋上だった」

「え？　誰かがわざわざそこまで運んでいったってことか」

春が志土の顔を覗きこむと、志土は苦い表情のまま小さく首を左右に振る。

「Bの頭の陥没《かんぼつ》の仕方や辺《あた》りに飛び散った体液から見て、Bはその屋上にどこかから墜落したとしか思えない状況なんだ」

「まさか」

「本当だよ。死亡した現場は屋上のその場所。遺体は動かされていない。ひょっとして飛行機から落ちたんじゃないかと思って、そっちの事故や行方不明者を調べたくらいだ。だが、該当するものはなし」

「事故か殺人かも分からないわけだな」

「そう」

志士はこっくりと頷《うなず》いた。

いきなり怪奇じみてきた志士の話に、それまで彼が話を渋っていたわけがようやく理解できた。最初から町の中の飲み屋でこの話を聞いたのでは、とうてい信じられなかったに違《ちが》いない。こうして現場に来て、この雰囲気を味わって聞いているからこそ、真面目に耳を傾けられるのだろう。

やはり超常現象研究会出身だけのことはある、と春はおかしなところで感心した。志士はちゃんと舞台を選んでいる。怪談には雰囲気が必要だ。

「さて、最後のCだ」

志士は煙草を足元に捨て、揺《す》り潰すように靴の裏で火を消してから、春の差し出した携帯灰皿に入れた。同じようにして自分の煙草も灰皿に入れ、春は足元に煙草の吸い殻が何本か落ちているのに気付いた。かなり以前のものらしく、もうコンクリートに薄皮のように張り付いた茶色の紙しか残っていない。

自分たちと同じようにここに座って一服した連中がいるんだな。

春はなんとなく親近感を覚えた。確かに腰を下ろしたくなる場所だ。

「Cは島の中にあった映画館の座席に腰掛けた状態で見つかった」

「死因は？」

「感電死だよ」

「感電？　落雷にでもあったのか？」

「外なら分かるが、ホトケは映画館の座席に腰掛けていたんだぜ。第一、この島にはまだ高層アパートの上の避雷針が生きている」

「本当に感電死なのか？」

春の怪訝《けげん》そうな声に、志土は顔をしかめて大きく頷いた。

「身体の中をはっきり電気が走った跡があったそうだ。医者もこれだけは絶対確かだと太鼓判を押してる」

二人は揃ってため息をついた。

「なるほど。そりゃ奇妙だ。それぞれが別の事件で死んだのか、関係あるのかすらも分からないし、事故なのかどうかも分からないわけか」

春の言葉に志土は小さく頷き、不機嫌そうな声を出した。

「だが、別々の事件だと言い切れないのは、三人とも八月二十七日の夜から八月二十八日の昼にかけて次々と死亡したと推定されているからなんだ。少なくとも一週間前には島に死体はなかったと、数人の漁師や他の廃墟マニアが証言してる。A、B、Cの三人が別々に上陸していたとしても、そんな偶然があると思うか？　たまたま上陸した三人が同じ島で、同じ時間帯にことされるなんていうことが？」

「ないと思うな」

「そうだろ？　だからみんな困ってるんだ」

春はゆっくりと立ち上がった。

「焦点になるのはやっぱりおまえの友人のAだな」

「うむ」

志土も唸《うな》るような声を出して立ち上がった。それが、彼がこの事件にこだわり現場までやってきた理由なのだろう。

「墜落死や感電死はともかく、餓死するタイミングをぴったり計るのは難しいだろう。もし、三人を死に至らしめるなんらかの意図が存在したとすると、Aの死期に他の二人を合わせたと考えるのが自然だ」

「俺もそう思う」

今度は志土もはっきりと答えた。彼も春と同じように考えたのだろう。そして、彼はこうも考えているに違いない。

「志土、おまえはこう思ってるだろ？　Aが自分の死期に合わせてBとCを殺したのではないか」

志土はぎこちなく顎《あご》を強張《こわば》らせた。

「それが一番自然だからな」

「Aは自殺しようとしていたのかな？　BとCを道連れに？」

二人はまたふらふらと歩き始めた。志土は三人が亡くなっていた現場に春を連れていこうとしているらしい。

「その辺りが一番弱いところだ。BとCの身元が分からない限り、Aとどういう関係にあったのか、三人の間に摩擦があったのかどうかが皆目《かいもく》見当がつかない」

「ふうん」

一段と、辺りにはさまざまなものが打ち捨てられていた。机に椅子、マネキン人形に古い型の炊飯器。割れた姿見。ビーカーに試験管というのもある。横倒しになった箪笥《たんす》の引き出しが飛び出し、子供服がはみだしている。

人間が生きていくには随分《ずいぶん》たくさんの物質を必要とするものだ。

「かつてはこの辺りは商店街だったそうだ。小さな店がたくさん並んでいて、地下にも店があったらしい」

志士が狭い通路の左右を指差す。むろんそこには暗い穴ぐらが抜けた歯のあとのように並んでいて、かつての面影は全くない。相変わらず店の前には多くの裂けた板切れが積み上がっていて、足の踏み場もない。

「この板はどこから湧いてくるんだろう」

「初期の鉄筋コンクリートとはいえ、和室が多いからな。和室っていうのは結構木を使ってるもんなんだよ」

「嵐の時にはここにいたくないな。どんなふうに風が吹き荒れてどんなふうに瓦礫が吹き溜まりになってくのか考えるとゾッとするよ。もろに波風を浴びるんだろうな」

「だから全島が十メートルの高さの堤防で囲まれてるのさ」

「コンクリートの檻《おり》だな」

空気が澱《よど》んでいた。

島の中央は、かつて従業員とその家族が住んでいた住居部分である。

歩いているとどんどん身体が沈んでいくような気がする。それはつまり、無計画に建て増しされた高層アパートが周りに並んでいるからである。

空が遠くなり、薄暗くなっていく。細長く切り取られた空に、ゆったりと雲が流れていくのは映画館でスクリーンを眺めているような感じだ。

「ずーっとここで生活してるってのはどんな感じなんだろうな。職住接近で、島から出ずに」

春は急に息苦しさを感じ、呟いた。

志土が小さく肩をすくめる。

「狭い世界だろうな。仲の悪いヤツがいたら嫌だな」

「年中顔突き合わせてるわけだし。それこそ殺人事件が起きそうじゃないか」

「あんまり捜査したくないね」

「逆に、世間とつきあいたくないヤツはいいかもしれない」

「ふん」

「なんだか日本の風景とは思えないな。東南アジアの人口密集地の風景だ」

「あの屋上で、Ｂが見つかった」

志土がアパートの上の方を指差す。

「登れるのか」

「足元に気を付ければ」

志土は通路の正面にある壁に付いた手すりのない石段を登り始めた。

石段のそこここにシダが生えている。苔《こけ》らしきものが一面に石の壁に付いているところを見ると、やはりここは空気が動かず湿っぽい場所なのだろう。

真下から見上げると、長い雨どいがジグザグに曲がりながら遥か上まで続いていた。

春はあとに続いてアパートの中に入る。

いきなり真っ暗に感じるが、どこから差し込むのかあちこちから淡い光が漏《も》れている。

夢の中に入っていくような奇妙な心地がした。

志土は小さなペンシル状の懐中電灯を取り出し、スイッチを入れた。

きゃしゃな懐中電灯だが、意外と光は強い。

「ちょっとした探検気分だな」

どこかで水の滴《したた》る音がする。

水溜まりがあって、その上に落ちているのだろう、ぴちょんぴちょんという柔らかい反響がある。

屋内なのに、外のようだ。光が差し込むので、微妙に闇のグラデーションがあり、中のものがうずくまる生き物のように浮かび上がる。

異国の遺跡で、古い回廊を歩いているような錯覚を覚える。巨大な寺院の中の回廊。午後の陽射しが漏れ、過去に影を落とす。

さまざまな残骸が積み重なった廊下の奥に人影を見たような気がした。

小さな女の子が毬《まり》突きをしていたような――

「おい、ぼんやりしてると危ないぞ。少し間隔を開けてついてきてくれ。一応用心のために、あまり一カ所に大人二人の体重をかけたくないんでね」

石造りの階段の上から志士の声が降ってくる。

確かに、一見頑丈《がんじょう》そうに見えるが、よく見ると心穏やかではない大きなひびが入っている。春はゾッとして足音を立てないようにそっと登り始めた。

ずっと上の方から柔らかい光が差し込み、きらきらとホコリが輝いていた。そのホコリを見ると環境の悪さを実感し、思わず息を止める。古い建物だ、ひょっとするとアスベストなどの有害物質が混ざっているかもしれない。

だが、そんな懸念もすぐに忘れた。

光の中を次々と浮かび上がるものを見ていると、屋根裏部屋でおもちゃ箱をひっくり返している子供の気分になる。

確かにここで多くの人々が長い歳月を送っていたという形跡。時と共に朽《く》ちていく品々の見せる微妙な色合い。それは彼が今まで見たことのない不思議な色をしていた。

なんと美しいのだろう。廃墟マニアが引き寄せられるのも分かるような気がする。

だが、そのうちに美しいと言ってはいられなくなった。

志土も相当静かに歩いているらしいのだが、パラパラと天井から石の粉が落ちてくるのである。しかも、階が上がるにつれてなんとなく建物全体がみしみしと揺らいでいるような感じがする。海の上で船に乗っていた時のような感覚だ。気にしなければ分からないが、いったん気が付くとだんだん気味が悪くなってくる。

「おい、志土、揺れてないか」

思わず天井に向かって恐怖の叫び声を上げてしまう。

「馬鹿、大きな声を出すな」

叱責する息だけの声が降ってきた。やはりあちこち穴が開いているのか、すぐ近くに聞こえるのは驚きだ。

「揺れてるよ。だが、でかい鉄骨が縦横に渡されてるからそう簡単には崩れないだろうと専門家が言ってたそうだ。でも、ここでマリア・カラスがアリアを歌ったら壁は崩れると思うね」

志士の皮肉っぽい囁《ささや》き声が聞こえてきて、春は肩をすくめた。

光が近付き、外の風を感じる。

突然、光の中に立っていた。

雲が近い。風が頬を撫でるが、吹きさらしの場所にしては意外と強くなかった。

一面の海は目も眩《くら》むほど美しく、大きく、そしてゾッとさせる眺めだ。

雨に晒《さら》され黒く変色した屋上にも、空気の抜けたゴムボールや用途不明のビニールカバーの固まりが散乱していた。かなりの広さがあり、小さな建物が隅の方に載《の》っていた。

「あれは幼稚園さ。子供はここで放し飼いにされてたわけだ」

「さぞかし心の広い、度胸のある子供に育ったろうな」

春は水平線と、遠くの島や陸地をぐるりと見回した。無意識のうちに足はすくんでいる。自分があの海の中へ叫びながらダイブしていくところを想像してしまう。

「そういえば、さっき、下の廊下で子供が毬《まり》突きしてたような気がするんだが」

「やめてくれよ」

春が何気なく言うと、志士は顔をしかめて声を尖《とが》らせた。

春の面食らったような顔に気付くと、バツが悪そうな顔になる。

「俺は、子供が遊ぶ時に使うゴムボールを見るとゾッとするんだ」

「へえ、どうして?」

「ガキの頃、近所で子供を亡くした母親がいてさ。可愛い女の子だったんだけど、交通事故でね。その子が亡くなってしばらく経ってから、夕方になるとその母親が玄関先に出てきて、その子のものだったピンクのゴムボールで毬突きを始めるようになったんだ。きっちり二十分、ずっと一心不乱に毬突きをする。最初はかわいそうに、と思って見てたんだけど、それが毎日続くとだんだん気味が悪くなってきてさ。近所の人もみんな遠巻きにしてた。無表情に、じっと毬を見つめて毬突きしてるところは、鬼気迫るものがあったな。そのうち引っ越していってしまったんだけど、あの姿が子供心にも焼き付いててね」

志土はスタスタと歩いていく。

「そこさ」

志土がポケットに手を突っ込み、顎で一点を示した。

チョークというのは意外と消えないもので、人の形をした跡が残っている。

屋上の真ん中辺り。白い線がひっそりと描かれている。人類を知らない誰かが空からこれを見たら、ナスカの地上絵のように何かの合図だと思うだろうか？　ひょっとして、ナスカの地上絵も何かの死体の跡だったのかもな。宇宙人が捜査のために現場保存をしようと線を引いてしるしを付けたんだ。

我ながら、荒唐《こうとう》無稽《むけい》な連想に苦笑した。

春は空を見上げた。雲が流れていく。まだ海風だ。

自分の立っているところよりも高い場所は近くに見当たらなかった。

「少なくともどこかから落ちたという推論は成り立ちそうにないな」

「宇宙船でもない限りね」

志土はつまらなさそうな顔で言った。

最初に足を掛けた石段まで降り立つと、ようやく全身の緊張が解けた。

やはり、揺れる建物に相当プレッシャーを感じていたらしい。

「あー、怖かった。寿命が一年くらい縮んだ」

春が大きく息をついて胸を撫で下ろすと、志士がかすかに笑った。

「鑑識の連中もビビってたらしいぜ」

「そりゃそうだろう、あんな場所じゃ」

志士は石段を降りて元来た道を戻るのかと思いきや、左右に通路のある反対側の建物に入っていく。

「おい、また入るのか」

「こっちに抜け道があるんだ」

志士の声は既に闇の中からだった。春は慌《あわ》ててついていく。こんなところに置き去りにされてはたまらない。

確かに、石造りの天井がアーチ状になった細い通路の先にぽっかりと出口が見える。

暗がりで、前を歩く志士のコートからカチャカチャという音が聞こえてくる。ポケットの中の懐中電灯が歩く度にぶつかるのだろう。

胎内巡り。そんな言葉が頭に浮かんだ。

再び光の中に出ると、そこは地面をコンクリートで固めた中庭だった。細長い直方体の建物が、ひからびた甲虫のように張り付いていた。

「これは？」

「映画館だよ」

「じゃあ、Cはこの中で見つかったんだな？」

返事代わりに、志士は錆《さ》びた鉄の扉が地面にばったり倒れているところを踏み、中に入っていく。春も続いて入る。

中は想像以上に明るかった。天井の一部に穴が開いていたからである。

こぢんまりとした内部に、行儀よく椅子が並んでいた。

「どこに座ってたんだ？」

春は天井の穴を見上げながら尋ねる。志士は足元の瓦礫を避けながら歩いてゆき、一番前の一番はじの席を指差した。

「ここだ」

「なるほど。そこじゃあ天井の穴から落雷したというわけにはいかないな」

「あれだけの電気が走っていたら、周りの椅子が焦げていても不思議じゃないそうだ」

春は志士の近くまで歩いていく。

「そんな跡はないね」

「ああ」

確認しあうごとに、春は自分たちが少しずつ見えない網に絡《から》め取られていくのを感じた。

状況を確認すればするほど、事件の不可解さ、異様さは増してゆく。だが、それを否定する手段はここには残されていないのだ。

春は何を描いているのか分からないぼんやりとした抽象画を見ているような

気分になった。

そもそもこれは事件なのだろうか？

出発点すらも分からない事件。

志土は当惑したような顔をしていた。自分が友人から残された課題に腹を立てているような感じだ。春を引きずり込んだのも、その憂《う》さ晴らしのためだろう。

「ここ、電気は通ってるのか？」

春はゆっくりと座席の周りを歩きながら尋ねた。

「まさか。電力会社がこんなところに電気が通ってるのを許すと思うか？」

「思わない。撤退と同時に即刻送電を断つだろうね」

「だろ」

「じゃあ、いかれた電気系統に誤って感電したという可能性もなしだな」

春はあきらめの滲《にじ》んだ口調で呟いた。

志士が当然だという表情で頷く。

ゆるやかな上り坂。

島の南側に面した場所にある学校は、その坂の上にある。他の建物に比べ、まだ比較的新しいせいか壁の色も明るい。しかし、だんだん近付いてくるのを見ると、風当たりも強いのか腐食と老朽化は激しかった。

坂道は他のごちゃごちゃした通路に比べ見晴らしはよいが、やはりたくさんの板で埋まっていた。取れた水道の蛇口や歪んで錆びた鉄筋があちこちから突き出している。

のろのろ坂を登りながら春は尋ねた。

「おまえ、なんで志士っていうの？」

「はあ？　なんだよ急に」

「まさかシドニーで生まれたとか言うんじゃないだろうな」

「違う違う」

志士は苦笑しつつ首を振った。

「仏教用語さ。親父の実家が寺なんだ」

「へえ。聞いたことないな」

「本当は、四つの土と書いて四土《しど》というのが正しい字なんだ。字の座りが悪いんで志にしたらしいんだが」

「どういう意味？」

「仏の住む世界は浄土。それに対して我々が住む現実の世界は穢土《えど》、けがれた土だ」

説明しなれているのだろう。志士はすらすらと話し始める。

こんなところで志士の名前の由来を聞くとは思わなかった。

「四土というのは、仏の住む世界である浄土プラス仏がこれから教化する世界全てを指すんだ。すなわち、我々の住む穢土も仏の救いの力が働けば四土に含まれる」

「ふうん。随分と雄大な、有り難い名前なんだな」

「じいさんの受け売りだが、俺にも未だによく意味は分からん。清濁《せいだく》併せ呑む寛大な名前だなと俺はずっと思ってたんだが」

「我々の職業にはピッタリじゃないか」

志土は一瞬ハッとしたような顔になったが、すぐに表情を繕《つくろ》うと歩き続ける。

「なあ、志土」

春は前を向いたまま口を開いた。

「残りのコピーはまだ見せてくれないのか?」

志土の横顔が今度こそギョッとした表情になる。春は小さく手を挙げた。

「おまえが思い悩んでるのはそのせいなんだろ？」

「なんで」

「おまえ、遺体は『コピーした奇妙な記事を何枚か持ってた』って言ったぞ」

志士は鼻を鳴らした。

「よく覚えてるな」

「言葉尻をとらえる職業だからな」

「学校に着いたら見せるよ」

志士はぶっきらぼうに呟き、黙り込んだ。


学校というのは学校教育法によってその構造や間取りがきちんと定められているのだが、足を踏み入れたとたん時間が溯《さかのぼ》ったようなデジャ・ヴに襲われるのは、かつて学んでいた間取りがそこにあるからだけではあるまい。

その空間では、永遠に子供たちの時間が流れている。「サザエさん」のワカメやカツオが年を取らずにTVの中で年中行事を繰り返すように、そこでは懐かしい時間が循環し続けているのだ。

廊下には明るい光が差し込んでいた。

鉄筋コンクリートは奇妙な色に変色していた。通常の建物はここまで長い期間雨ざらしで放置されることがないのだろう。それはこれまでに見たこともないような色をしていた。陶器のようだ、と春は思った。歳月を経て微妙な色合いを見せる茶碗みたいな色だ。

二階の真ん中の教室に志土は入っていく。

小さな木の椅子が積み上げられた教室の隅に描かれた、まだ鮮やかなチョークの線が目に飛び込んでくる。

窓ガラスは全て割れていて、もう枠《わく》にはかけらすら残っていない。床の上には細かい破片が散乱している。

春はいつも不思議に思うのだが、無人の家はなぜ窓ガラスが割れてしまうのだろう。誰かが侵入して割るのだろうが、どうしてもそれだけとは思えないのだ。我々は屋根に登ることなどめったにない。しかし、瓦《かわら》屋根の家で屋根に雑草が生えるのは無人の家だけだ。なぜだろう。やはり人の住まない家は呼吸不全を起こし、その皮膚すらも機能を失ってしまうのだろうか。

志土はチョークの線の側に立ち、じっとその線を見下ろしていた。友人の最期に思いを馳《は》せているのだろう。と、おもむろにコートの内ポケットからガサガサと畳んだ紙を取り出し、ぶっきらぼうに春に差し出す。

「これがそうなのか?」

春は受け取り、明るい廊下に出てそれを開く。

目に飛び込んできたワープロの文字は彼を面食らわせるのに十分なものだった。

スタンリー・キューブリック、MGMの出資でシネラマ映画『星々の彼方への旅』を製作

新聞記事のようなその内容を読んでいくと、それは一九六五年のMGMの製作発表用の記事だと判明した。『星々の彼方への旅』——すなわち、『二〇〇一年宇宙の旅』のことだ。監督キューブリックのコメントがその半分以上を占めている。

だが、これがなぜ?

春は面食らったまま紙をめくり、別のコピーを見た。

そこには、こう書かれていた。

元号制定／「光文」と決定——枢府会議で

これまた脈絡のない記事に目をパチパチさせる。そのあと続けて読んでいくと、それは大正天皇が崩御した時の新聞の号外の記事を抜粋《ばっすい》したもので、新年号をスクープしたものだった。ところが、その後にそれを訂正するような別の新聞の記事があり、更にそのあとそのスクープについて後世のコメントらしきものが続いている。スクープがなければ昭和は光文として六十四年の長い時代を終えたはずだという。

光文。なんだか不思議な感じがする。随分印象が違う。年号が違えば、歴史もまた変わっていたのではないかという確信めいたものすら覚える。

そんな感慨に耽《ふけ》ったのもつかのまのことだ。

春はコピーの内容を読み終え、あっけに取られた顔で志土の顔を見る。

「で？」

志土の不機嫌な顔が彼の視線を迎える。

「それだけだよ」

「これだけ？」

「そう」

憮然《ぶぜん》とした沈黙が落ちる。

春はぽかんとした表情のまま呟いた。

「なんなんだ、これ？　何か意味があるのかな？」

「それが分かったら」

志士は怒ったような顔で俯いた。

「こんなところまで来ていないさ」


職員室だったらしい部屋の外のベランダは、視界が広く海が見渡せて心地良かった。

さすがに比較的築年数の浅い校舎はがっしりしていて、先ほどのアパートに比べて安心感がある。

ここで教師たちが一服していたんだろうな、と考えながら志土と春も潮風を受けつつ煙草に火を点ける。

「舞台効果満点だと思ったら、どんどんわけが分からなくなっていくな」

春がどんよりした目で呟いた。

「そうだろ？　ようやく俺の気持ちが分かってもらえて嬉しいよ」

志土はふてくされたような顔でチラリと春を見る。

春の目は、三枚のコピーに釘付けになっていた。

さまよえるオランダ人——キューブリックの製作発表——年号のスクープ事件。

これらの間にはいったいどういう繋がりがあるのか？　果たして本当に繋が

りがあるのか？

「これはどういう紙にコピーされてたんだ？」

「紙は大量に出回ってる市販品だ。もともとの文章を打つのに使われたプリンターはバラバラ。しかもそのどれもがやはり量販品で、種類は分かってもどの一台かまでは分からない。このコピーから得られる情報は、物理的にはないと言っていい」

「裏に何か書かれてたとか」

「裏は真っ白。悪戯《いたずら》書きも落書きもなし。すかしもあぶり出しも無《な》かったようだ。他の二枚も同様だった」

志土は両手を広げてみせる。

春は怪訝そうな顔を上げた。

「他の二枚？」

「ああ。ＢとＣが一枚ずつ持ってた」

「なんだと？」

春は噛み付きそうな表情になる。

「おまえ、いったいどこまで情報を小出しにするつもりなんだ」

「怒るなよ。俺の思いやりなんだから」

「思いやりだと？　ＢとＣも同じコピーを持ってたなら、三人の死に関連があると言えるじゃないか」

志土は溜め息をつき、更に二枚の紙を取り出した。

「これが何かの助けになると思うなよ」

コピーを受けとった春の当惑は更に増した。

「こっちがＢの持ってたコピー」

志土は春が両手に一枚ずつ持っているコピーの片方を指差す。

二万五千分の一地形図はこうして作られる

それは、見出し通り、二万五千分の一の地形図が国土地理院でどうやって作られるかの手順が書いてあった。

「こっちはC」

志土はもう一枚を指差す。

ボストンブラウンブレッド

最初何のことだか分からなかったが、どうやら料理のレシピらしい。古い時代のもの、それもアメリカかイギリス。蒸しパンの作り方だ。

「Cはパン屋だったのか?」

「さあね」

「誰だ、このターシャ・テューダーって」

「アメリカの女性で絵本作家。園芸家としても有名で、ニューイングランドの田舎で十九世紀の生活を実践してるんだそうだ」

「昔の人じゃなかったのか。モラセスって何？」

春はレシピの一部を指で押さえる。

「糖みつだとさ」

「糖みつ？」

「さとうきびの汁を煮詰めたものらしい」

「ああ、なるほど」

頷いてから、春はまじまじと志士を見た。

「それで？」

「だから言ったろ、何の助けにもならないって」

志士は哀れむような目で春を見た。

「このコピーが互いに関係があるのか、それとも全く偶然にそれぞれが持っていたかどうやって判断する？」

　どうやら志土は、この五枚のコピーを見て当惑するという段階はもう通り過ぎているらしい。だが、春は混乱の真っ最中だった。

「このコピーをBとCはどこに持ってたんだ？」

「Bはシャツの胸ポケット。Cはズボンの尻のポケット。どちらもきちんと畳んで入ってた」

　何を聞いてもきちんと答えが返ってくるところをみると、志土も一通り追及を試みたようである。

「そのコピーの裏も真っ白？」

「ああ」

「何かの暗号でも含まれてるのかな？　それともこの紙が符丁《ふちょう》代わりだったとか」

「符丁？」

志士は初めて興味を見せた。春は頷く。

「三人はお互いに顔を知らずにここで待ち合わせたというのはどうだろう。この島には不特定多数のいろいろな人が上陸してる可能性がある。かといって、互いに素性を明かすのはまずい事情があったんだ。三人が自分の身元が分かるようなものを持っていなかったのは、わざと持ってこなかったんじゃないか。こんなところにフラッとやってくる人間はいない。定期航路があるわけじゃなし、気まぐれで寄り道できるような島じゃないんだ。おまけに中も何もないけれど、廃墟マニアには有名な島で、最近廃墟ツアーが流行《はや》ってるようだし全くの無人である可能性も低い。ここにやってくるのは何かの目的がある人間だけだ。わざわざこんなところまでやってくるのはそれなりの覚悟を決めて旅を計画したはずで、免許証やカードを身に着けていないとは考えにくい」

「じゃあ、ABCはお互いに名前も顔も知らなかったと？」

「そんな気がしただけさ。全く知らない同士が紙を持って歩いていれば、関係ない人間は地図か何かだと思うだろう。でも、前もってこの変な記事の内容を知らされていれば、絶対にその人物が目的の人物だと分かるはずだ」

「なんでこのコピーなんだ？　待ち合わせるならいくらでも方法があるだろう。赤い折り畳み傘を持ってるとか、黒い帽子をかぶってるとか、携帯電話のストラップを特徴のあるものにしとくとか。そのほうが自然だろ」

「だったら逆に、このコピーであっても全然問題はないだろ？　なにしろ、内容はまるで脈絡がないし、紙はあとで燃やしてしまえるからね」

「燃やす？」

「うん。そこまで徹底して自分たちの身元が分かるものを持ってなかった三人だ。目的を果たしたら、紙は燃やすなりなんなりして処分するつもりだったんじゃないかな。なにしろ辺りはゴミだらけ。燃えかすの一つや二つ増えたってなんてことない」

　春の脳裏には、島の中で互いの持っているコピーの内容を確認しあっている男たちの顔が浮かんだ。その目には猜疑《さいぎ》心と不安が浮かんでいる。彼等が確認しあっているその内容が、パンや地図の作り方というのが滑稽《こっけい》だが。

「三人はいったい何しにここにやってきたんだ？」

志士が独り言のように呟く。

海原を、漁船が気持ち良さそうに走っていた。

「さあね。ただ、俺はＡＢＣ以外にも人間がいたような気がするんだ」

「どうして？」

「分からん。でも、いつも不特定多数の人間が上陸してる島というのはかえっていいカモフラージュになるんじゃないかな。無人島に人がいたら不思議だが、しょっちゅう誰かが来てるのであれば、人に見られてもまた廃墟を見に来た物好きなヤツで済む。誰かがＡＢＣをここに呼び付けたのかもしれない。俺は、なぜAが三枚もコピーを持っていたのかが気になるんだ。BとCは一枚ずつなのに」

「言われてみればそうだな」

　春はベランダにしゃがみ込み、五枚のコピーを広げた。

「もしAが何か事情があって、他の人の分もコピーを持っていたのだとすれば、もともとAが持ってたコピーは当然これだな。おまえがピンと来た記事。さまよえるオランダ人。他の人間には手に入れようのない記事だものな」

「うむ。じゃあ、それぞれのコピーは持ち寄る本人が用意したと？」

　志土がチラリと春を見る。

「きっとそうだな。誰か一人が用意したのだとすれば、現物を郵送するなりなんなりして、コピーという現物をメンバーに手渡さなければならない。それは、互いに素性を知られたくない彼等にしてみれば危険な行為だ。住所を知らせたり、知られたりするのはまずい。彼等が知り合ったのはネット上かもしれない。ネットで自分はこういう記事を持参するとだけ申告しておけばいいんだ。彼等はあくまでも最後まで素性を明かさずにここでの目的を果たすつもりだった。用意するのは自分の書いた文章ではなく、筆跡が分からないようにワープロかパソコンで印刷したもののコピー。本人以外には分からない理由で選んだ個人的な思い出のある記事、っていうのはどうだ？　まあAの場合ものすごい偶然でおまえにバレちまったわけだが」

「しかし」

志土は気味悪そうな顔になった。

「そこまでして彼等がここでやりたかったことっていったい何なんだ？」

「少なくとも、太陽の下で人に言える行為じゃないだろうな」

春はあっさりと答えた。

志土は自分の煙草を取り出して、春に勧めた。見たこともないような銘柄の煙草だ。外国製らしい。春は一本抜いて、口にくわえてからその強い香りに驚いた。

「きついな」

「そうか？　俺は慣れてるからな」

それでも春はその煙草に火を点けた。渋いとも甘いとも言えぬ味。おつな味という言葉がしっくりきた。

「さまよえるオランダ人、か」

志土が呟く。

春は煙草をくわえたまま、職員室の中から座れそうな木の椅子を二つひきずってきた。

もとは尻の部分に綿を詰めて布張りにしてあったらしいが、今では跡形もなく、布を留めた鋲《びょう》だけが残っている。

二人は海向きに腰掛けた。

「ブロッケンの妖怪っていうのを知ってるか？」

志土は灰を落としながら尋ねた。

「いや」

「春は山登りはしないんだっけか」

「特には」

「山登りをしてると、霧が出ることがある。すると、時々その霧がスクリーンの役目をして自分の影が映ることがあるんだ。霧に影が投射されると、思いもかけない大きな影になって、霧の中から突然大きな怪物が襲ってきたように見えるんだな」

「なるほど。それで妖怪か」

「ドイツのブロッケンという山でよく見られるんだそうだ。きっと、そういう気象条件が揃いやすい環境なんだろう」

「ふうん」

　春は志士の言葉の続きを待った。

「Aは、さまよえるオランダ人もこれと同じ原理なんじゃないかと疑っていた」

春は意外な印象を受けた。

「おまえら、超常現象研究会じゃなかったの？」

「そうだよ。でも、Ａは懐疑派としての部員で、全て物理現象で説明できると息巻いてたヤツなんだ」

「おまえはどっちだったの？」

「俺はもうちょっとロマンチックな部員だったな。別に信じてるわけでもなかったけど」

「ふうん。どういう物理現象なわけ？」

「このコピーを見れば分かる通り、幽霊船が現われるのは悪天候の時で、海上を低気圧が通過している時だ。気圧が低くなり、大量の海水が空中に吸い上げられる。海の上に霧のカーテンが掛かった状態になるわけだ。そこに、自分の船の影が映る。当然、影に向かって進めば船が近付いてくるように見える」

「なるほど」

「どれも最初に不思議な光が見えるという記述がある。それというのも大気中が不安定になって放電現象が起きているか、自分たちの船の明かりが映っているんじゃないかと言うんだ」

「分かりやすい説だな」

　春は感心した。

「かたくななまでに『不思議』というものを信じない男でね。よく対立したよ。そこまで頑固になることはないだろうって俺が言うと、おまえみたいな中途半端に面白半分でオカルトを扱う人間が、世の中にインチキをはびこらせるんだって何度も言われたものさ」

「こりゃまた高校生にしては厳しいな」

「ヤツがそうなるのも無理ないんだ。俺もあとから知ったんだけど、ヤツの親父さんが癌《がん》で死にかけてた時に、お袋さんが『私を信じればご主人は治る』って言うインチキ霊能者にひっかかって、身ぐるみ剥がれたらしいんだな。ヤツは奨学金と親戚からの借金で学校に通ってたから、人一倍そういう連中を憎む気持ちが強いんだろう」

志土はコンクリートに煙草を押しつけた。癖のある香りがベランダにたちこめる。

「嘘だと分かってても、そういう状況になると思わずすがっちゃうんだろうな」

春は顔をしかめて煙草を吸った。

彼はこの場所で過ごすことをいつのまにか楽しみ始めていることに気付いた。

何もない場所なのに、不思議な魅力のある場所だと認めざるを得なかった。都会からみんながやってくるのも分かるような気がした。

遺跡なのだ。この場所は、せんじつめればエジプトやギリシア、古墳や壁画となんら変わらない。誰かのいた場所、人間の営みのあった場所。人間の記憶の刻みこまれた場所なのだ。人々は過去の記憶に引き寄せられる。かつて存在した生活、かつて存在した感情、そして今はない営みに。

なんだか有効に休日を使っているような気がしてくる。この珍しい場所で過ごせたということと、更にもう一つの点で。

「あ、電話しなきゃ。ここ、携帯電話繋がるかな」

春は思い出したように胸ポケットを押さえた。

「あっちに出たほうがいいだろう」

志土は廊下の奥を指差した。

春は立上がり、早足で歩いていった。

志土はぼんやり煙草を吸いながら、遠くで電話を掛けている春を眺める。よく聞こえる場所を探しているのか、階段を降りてゆき姿が見えなくなった。

雲の流れが速くなった。こころなしか風が冷たい。

意外と時間が経つのが早い。あと一時間もすれば船が迎えに来る。

日が短くなった。もう空には淋しい夕暮れの気配が忍び寄ってきている。

春が戻ってきた。再び椅子に腰を下ろし、足元に並べられたコピーを見つめている。

「思い出になるような記事ねえ。そんなもの、そうそう思い付かないよなあ」

志士は一緒にぼんやりコピーを眺めていたが、そう呟くと、もう一本煙草に火を点けた。

「春だったら、何にする？　印象に残ってる新聞記事なんてあるか？」

春は首をかしげた。

「重大事件の見出しなんかは思い浮かぶけど、印象に残ってるとなるとねえ。新聞を開いてショックを受けたという点では、御巣鷹山《おすたかやま》のジャンボ機の墜落事故かな。パッと新聞を開いて、見開き二面にびっしり人の名前と顔写真と、簡単な経歴が書いてある。これだけの人たちがいっぺんに亡くなったんだと思って身体が震えたのを覚えてる」

春は小さくため息をつき、ふと顔を上げた。

「そういえば一つ思い出したよ。親父がミステリ・ファンだったから、新聞の隅《すみ》っこに載ってる小さな記事から事件の真相を組み立てるゲームを家族でよくやったんだ。刷り込まれたせいか、今でも結構習慣になってる。で、いつ読んだ記事かは忘れたけれど、とても印象に残ってる事件がある」

「へえ、どんな？」

志土は興味を覗かせた。

「女の人二人が橋の上から身を投げて死んだという事件なんだけどね。自殺らしいんだけれど、なかなか身元が分からなかったんだそうだ。でも、暫《しばら》く経ってから、近所のアパートに住んでいた女性二人だと分かった。二人は大学時代の同級生で、血の繋がりはなかったんだけれど、ずっと一緒に暮らしていたらしいんだな。二人は五十歳くらいだったと思う。遺書もなかった」

「ふうん」

「事件はこれだけなんだけど、ずっと印象に残っていてね。どうして二人はずっと一緒に住んでいたんだろうとか、どうして二人で死のうと思ったんだろうとか、家族はいなかったんだろうかとかよく考えた」

「確かに気になるな。二人は望んで一緒に住んでいたのか、それともやむを得ず一緒に住んでいたのか。本当に心中だったのかも気になるね。片方が片方を殺そうとして一緒に落ちたのかもしれない。考えようによっては、過去の犯罪の匂いもするね」

志土は小さく頷《うなず》きながら呟いた。春も頷き返す。

「面白いだろう？　いろいろなストーリーが思い浮かぶよね。今でも時々考えるんだ。いったいどうして二人の女は橋から身を投げたんだろうって」

春は水平線に視線をやった。

「でも、本当のところなんて決して誰にも分からないんだろうな」

「そうだな」

志士は小さく呟いた。

春はチラリと志士の顔を見た。

「おまえの思い出、当ててみせようか」

春は小さく笑った。

「どんな?」

志士はゆっくりと寛《くつろ》いだ表情で煙草を吸う。

春はスッと手を伸ばし、コピーの一枚を取り上げた。

「これだ」

春はそのコピーを志士の顔の前に差し出す。

スタンリー・キューブリック、MGMの出資でシネラマ映画『星々の彼方への旅』を製作

「なあ、志土。これがおまえの持参したコピーだろ？」

志土の目が大きく見開かれ、一瞬その端正な表情は色を失った。


「冗談はよせ」

時が止まったような沈黙のあとで、志土は大きく息を吸い込み、小さく咳《せき》をして手を振った。

「そうか？　俺はてっきりこれがおまえのだと思ったんだがなあ」

春はのんびりした調子で、そのコピーを自分の方に向ける。

「驚いた。何を言い出すかと思ったら。悪戯はよせよ。おまえ、意外と人が悪いな」

志土はせわしなく胸を撫でる。

　春は穏やかな表情を変えない。

「悪戯じゃない。それを言うなら、ここに俺を連れてきたおまえのほうがよっぽど人が悪い。なぜだ？　もう一度島に上陸する口実が欲しかったんだな？何か大事なものを置き忘れてきたか？」

　志土はむっとした表情になる。

「おい。怒るぜ。いくらおまえでも」

「それは俺の台詞《せりふ》だ。俺はおまえが五番目の男だったと確信してるんだがね」

「五番目？」

　志土は訝《いぶか》しげな目で春を見た。

「四番目の男はたぶん海に沈んでるからだ」

「何を根拠に」

　志土は、馬鹿らしいとでも言うように呟いた。

「Aが三枚のコピーを持ってたからさ。一枚はAので、一枚はおまえの。それでも一枚残る。だから、もう一人誰かいたんだ。島の中で死ねば、その一枚を身に着けておいたんだろうが、死体は海の中だから身に着けさせることができなかった」

春が淡々とそういうと、志土は心底あきれたような顔になった。

「なんだか凄い話になってるな。説明してくれよ。俺がいったい何をしたっていうんだ」

その声には、面白がるような響きがあった。むしろ、興味津々《しんしん》という感じである。

春は小さく笑った。

「じゃあ、質問を変えよう。おまえ、この島に来るのは初めてじゃないな？」

志土は一瞬詰まった。

「初めてだよ」

「じゃあ、なんで携帯電話がここでは通じないと知ってた？」

「なんとなくそんな気がしただけさ」

「向こうとこっちじゃ、こっちの方が見晴らしがいいし通じそうな気がしないか？　おまえはすぐにあっちに行けと言った」

「気のせいだ」

志土は取り合わない。

春は、携帯電話を取り出すと電源を入れた。

画面にアンテナが表示されない。

「確かに、ここでは通じないようだな」

春は意味ありげに志土の顔を見る。二人はじっと無表情な視線を交わした。

「偶然さ」

志土はもう一度ゆっくりと言った。春は小さく笑って頷いた。

「ま、そういうことにしとこう」

二人の間にぎこちない沈黙が降りた。

「——おまえ、本気で言ってるらしいな」

志士がしげしげと春の顔を眺めた。

「こんなこと冗談で言うかよ」

「単なる推理ゲームかと思ったんだ」

「うん、じゃあ推理ゲームだということにしよう」

「なんだよ」

志士は鼻を鳴らし、煙草の火を消した。

風の音が廃屋《はいおく》に響いた。どこかを通り抜けていく風。

「いいだろう。これまでの事実からストーリーを拵《こしら》えてみてくれよ」

志士は笑みすら浮かべ、膝の上で手を組んだ。

春は顎《あご》を撫《な》で、志士の顔を見る。

「じゃあ、さっきの抜け道は？　どうしてあそこに抜け道があると知ってた？」

「知り合いの刑事に聞いたのさ。図面を書いて詳しく説明してくれたんでね」

「でも、あそこには左右に抜け道があって、左の方が近かったのにおまえはためらわず右に行ったぜ」

「さあね。理由なんてないさ。ただなんとなく、左に行くのは嫌な感じがしたんだ」

志土は肩をすくめた。

「ただなんとなく、か」

春は小さく繰り返す。

「おいおい、状況証拠ばかりだな。しっかりしてくれよ」

「そうだろうか」

志土は苦笑した。次の煙草に火を点ける。

「やれやれ。いつから俺がその五番目の男だという妄想を?」

春も一本受けとる。

「おまえが五番目の男かどうかはひとまず置いといて、そもそも、いちばんはじめにおまえがこの島は初めてじゃないかもしれないと思ったのは、最初に煙草を吸った時さ」

志士は意外そうな顔になった。

「どうして?」

「おまえ、『少し休むか』と言って迷わずあそこに座った。まるで前にもあそこに座って煙草を吸ったことがあるみたいだった」

「あの場所だったら、真っ先にあそこが目に付くだろ? 誰でもあそこに座ろうと思うだろうよ」

「実際、あの石の固まりの下のところには沢山の煙草の吸い殻が落ちていた。おまえは、あそこに沢山煙草の吸い殻が落ちているのを知っていたからこそ、あそこで休もうと思ったんじゃないか?」

志士はますます苦笑いを強めた。

「そいつは詭弁《きべん》だ」

春は平気な顔をしている。

きつい香りの煙草のけむりが二本、静かに空に消えていく。

「次に同じことを思ったのは、アパートから出てきて、おまえの後ろを歩いていた時だ」

「なぜ？」

志土は落ち着いている。全く慌てた様子は見せない。さすが筋金入りの検事だ。

「おまえのポケットでかちゃかちゃ音がしてた。懐中電灯がおまえの腰にぶつかる音だ。それまでおまえの後ろを歩いていても、そんな音はしなかった。それで、おまえは懐中電灯を持参したのではなく、あの辺りに隠してあったのを取り出したのかもしれないと思った」

志土はアハハ、と無邪気に笑った。

「なんだ、そんなことか。俺のポケットには菓子パンが詰まってたんだぜ。あの時二人でパンを食べただろ？　それでポケットが軽くなった。パンがクッションになってそれまで音がしなかったんだ」

「なるほど、そういう説明も成り立つな」

二人は冷ややかな笑みを浮かべて見つめあった。

表情はどちらも真剣だ。寛いだポーズで煙草を吸いながらも、二人の目はいっしんに次の言葉を探している。

「確かに証拠はない」

春はあっさりと言った。

「ただ、個人的に知りたいだけだ。この島で何があったのか。さっきも話しただろ？　実際に何が起きたのかを、あとから再生するのはとても難しい。百ピースのジグソー・パズルのうち、無造作に抜き出した五つばかりのピースを並べてみたって、全体の絵を想像するのは不可能だからな。俺たちの普段の仕事はそれに近い。絵が小さくて、ピースがたくさん手に入ればどんな絵が描かれていたかすぐに把握することができるけれど、絵が大きくて手に入るピースが少なければ、どんな絵が描かれていたのか分からない」

春は海のほうを見てぼそぼそと呟いた。

「でも、もしかしておまえがその絵を見ていたのなら、どんな絵なのか俺にも見せてほしいんだ。なんだかとても変わった絵のようだからな」

志土の目は無表情だった。

「単なる好奇心さ」

春は低く呟くと立ち上がった。

「なあ、もう一つだけ聞いてもいいか?」

「なんだ?」

志土が静かに答えた。

「さっきの抜け道だけどね」

「まだ気になるか？」

「ちょっとね。おまえがなぜ、左の道を選ばなかったのかが気になる」

「理由なんかないよ。ただなんとなく、さ。自分でも説明できない」

志土は飽き飽きしたような声で答えた。

「俺には説明できるかもしれないぜ」

春がそう呟くと、志土は訝しげな表情になって春を見た。

「あの場所に行ってみよう」

そう言って春が歩き始めると、志土もなんとなく興味を覚えたような顔でついてきた。

再び、コンクリートの砦の中。

二人の目の前には、左右に二つ、暗く穴を開けた通路がひっそりとある。

「こうやって見てもなぜだか分からないな」

志土は当惑したような顔で春を見た。

春はじっと左のトンネルを見ていたが、やがてゆっくりとその中に踏み込んでいった。志土は躊躇《ちゅうちょ》していたが、あきらめたようについていく。

暗い通路にもコンクリートのかけらが蓄積していた。二人の足音が反響して奥に響くのが不気味である。

「あれ、こんなところに穴がある」

春が足を止めて、かがみこんだ。

「ほんとだ」

志土も春の後ろから前を覗きこむ。

どういう事情で穴が開いたのかは分からなかったが、どうやら一メートルほどの深さの穴がぽっかり足元に開いているのだった。

「なんだってこんなところに穴があるんだろうな」

春は呟いた。中は暗くてよく見えない。

「どちらにしろ、こっちは通れなかったわけだ。おい、まさか、俺がこの穴のことを知っていたからこっちを通らなかったなんて言い出すんじゃないだろうな?」

志土が悪戯っぽい声を出して春に話しかける。

「そうは言わないよ」

春は足元を見下ろしたまま答えた。

「だが、おまえがなぜこちらを選ばなかったかは分かったぜ」

「え?」

志土は怪訝そうな顔になった。

春はおもむろにその場にぺたりと腹這いになると、服が砂まみれになるのも構わずに穴の中に手を突っ込んだ。

「おい、春、何やってんるんだ。汚れるぞ」

志土が慌てて春を助け起こす。

「ほら。おまえが嫌だったのはこのせいだろう」

春は起き上がると、穴の中でつかんだものを志土に向かって差し出した。

志土は春がつかんでいるものを目にすると、ギョッとした顔で後退《あとじさ》った。


砂にまみれ、空気の抜けたピンクのゴムボール。

「な、なんだそれ」

志土はどぎまぎした表情で口ごもった。

「確かに俺はそいつが嫌いだけど、それがどうした？」

「い、い、い、い、い、い、い、い、

「おまえはこれを見たんだよ。ピンクのゴムボールを。だから無意識にこっちの道を避けたんだ」

春が自信に溢《あふ》れた口調で言うと、志士は混乱した表情になる。

「おまえが何の話をしているのか、俺にはさっぱり分からないな」

「そうか。じゃあ、説明してやろう。おまえはここでこのゴムボールを見た。今日ではなく、前にここに来た時に」

春は静かな声で言った。

志士は青ざめた顔で春の口元を見ている。

「出よう。ここは暗いからな」

二人はのろのろと外に出た。

春はゴムボールを足元に投げた。空気の抜けているゴムボールは転がりもせず、地面にぺたりと落ちた。

二人は陽光の中に向かい合う。

春は志士の目を見ながら口を開いた。

「さっき俺が電話を掛けたのは、長崎管区気象台だ」

志土が先を促すようにかすかに顎を動かす。

春は続けた。

「この辺りでは、ずっと本格的な雨が降っていない。最近最後に降った大雨は、八月二十七日の午後から深夜にかけてだそうだ」

「それが何か?」

志土は不思議そうな顔になる。

「おまえが前にここに来たのは、その大雨が降った日。ここで事件が起きた日だ」

「何を根拠に」

「まだ気付かないか?」

春はじっと志土を見つめるが、志土は相変わらず怪訝そうな表情のままである。

春は口を開いた。

「このゴムボールはあの穴の中に落ちていた。あの通路は暗いし、ただあの通路を覗きこんだだけじゃゴムボールは見えない。それは認めるな？　今、俺が苦労して穴の中から拾い上げたんだからな」

志土は小さく頷いた。

「じゃあ、このゴムボールを通路の入口から目撃できるのはどんな場合だ？」

志土の視線が宙を泳ぐ。が、目が動きを止め、ハッとしたような表情になった。

「分かったか？」

志土の顔がみるみるうちに青ざめていく。

春は頷いた。

「大雨が降って、あの穴に水が溜まった時だ。水が溜まれば、ゴムボールは地面のところまで浮かんでくる。おまえはそういう状態で、このゴムボールを目撃したんだ。逆に言うと、そういう状態でなければおまえがこのゴムボールを目撃することなどなかったはずだ。そうだろ?」

志土は地面に落ちているゴムボールを睨みつけたまま黙り込む。

「おまえは浮かんでいるゴムボールを雨の中で目撃した。おまえがゴムボールが嫌いなことは、さっき屋上で説明してくれたものな。おまえは無意識のうちにここを避けていた。この中にピンクのゴムボールがあったことを身体が覚えていたんだ。今日ここに来た時、左のトンネルになんとなく嫌な感じがしたのはそのせいだ」

何かしんとしたものが二人の間に訪れた。

志土はまだ地面のゴムボールを見つめていたが、やがて静かな目になり、スッと顔を上げて春を見た。

「状況証拠だ」

春はそっけなく頷く。

「知ってるよ」


どちらからともなく、船着き場に向かって歩き始めていた。

船が迎えに来る時間が迫っている。

二人は無言だった。ザクザクと無機質な足音が二人のあとについてくる。

「俺がこの島に来たのは初めてじゃないというおまえの理屈には納得したよ。全くの憶測だが、推理ゲームとしては面白い」

志土はしゃあしゃあと話し始めた。好奇心を抑え切れないようだった。

「じゃあ、あっちはどうなんだ？　俺が五番目の男だという妄想は？　なんで、俺があの記事なんだ？　確かにキューブリックのファンだが」

「おまえとキューブリックがどっちも同じS・Kのイニシアルだからだ」

春は淡々とした口調で答える。

「なんたる短絡的な」

志士があきれた声を上げようとするのを制するように春は続けた。

「最初は単なる思い付きだった。そういや、キューブリックと志士のイニシアルは同じだな。そう思っただけだった」

春は前を向いたまま言葉を続ける。

「でも、そう考えてからふと、なぜ志士は自分の友人をAと呼ぶんだろうと考えた。古い友人だ。他の見知らぬ遺体とは違う。名前を呼んだっていいじゃないか。どうせ身元は割れてるし、俺は言わば身内だ。なぜ志士は友人の名前を呼ばないのか。正確には、なぜ俺の前で友人の名前を呼びたがらないのか」

春はちょっとだけ言葉を切った。

「それは、俺の前で友人の名前を呼ぶと、俺が記事の秘密に気付くかもしれないからだ」

志土は前を向いたまま無表情に歩き続けている。だが、耳はいっしんに春の言葉を拾っている。

「ひょっとすると、この記事は、おのおのの名前が織り込まれているんじゃないか？　それが持参する記事の条件だったんじゃないか？　そんなふうに考えてみた」

ざくざくと足の下でコンクリートのかけらが音を立てる。

「だとすれば、やっぱりキューブリックの記事は志土だ。志土のイニシアルが含まれてる。俺は妄想を膨らませた。じゃあ、Aは？」

春はおどけた調子で続けた。

「おまえの友人は、ひょっとして平和の『和』に『人《ひと》』と書いて、『和人』というんじゃないか？　『かずひと』と読むのか『かずと』と読むのかは知らないが」

志土の横顔がビクリとするのが分かった。だが、春は気付かないふりをする。

　耳障りな足音。

「俺が膨らませた妄想の一つを聞いてくれるか？　さまよえるオランダ人。オランダ人は漢字で書くと、幾つかの当て字はあるが『和蘭陀人』だ。コピーの記事の見出しだし、もしおまえからAの名前を聞いていて、『和人』という字を思い浮かべた時にこの中に名前が含まれてるなと連想するかもしれないね。そんな連想をするヤツは珍しいかもしれないが、現に俺は逆から連想した」

　船着き場が近付いてくる。

　見覚えのあるコンクリートの堤防が彼等を迎えた。

　春は歌うように話し続ける。

「パンのレシピは、『三つのB』がポイントかなと思った。日本でBの多い名字と言えばけっこう限られるよな。真っ先に浮かんだのは『馬場』さんだね。名前にも一つBが入っていれば条件に合う」

春は指を折りながらのろのろと進んだ。

「新年号は、ズバリ『光文』か、出てくる誰かの名字かな」

横を歩く志土の口元に小さな笑みが浮かんでいる。

「二万五千分の一の地形図は、最後まで分からなかった」

「いやはや、素晴らしい妄想だな。おまえのその才能はどこか他のところに使えよ」

志土がどこか晴ればれとした口調で呟いた。

「ここに連れてきたのはおまえだってことをお忘れなく」

春はちらっと志土を睨みつける。

海の向こうから轟音が響いてくる。

米粒のように見える小さな船が、少しずつこの島に向かってくるのが目に入った。

春は、雲間から差し込んだ眩しい光に手をかざしながら呟いた。

「俺たちは妄想が命さ。手元に残された数少ないピースを並べて、かつて描かれたはずの大きな絵を再現するのが仕事なんだから」

「そうだな」

「たいていは苦労してピースを継ぎ合わせても、平凡な絵や下手くそな絵ばかりだが、ごくたまに不思議な絵や変わった絵が現われる時がある。それがあまりにも変わった絵だったからこそ、おまえもこうしてここに俺を連れてきたんじゃないのか?」

志土はクッ、と笑った。

「その手には乗らないぜ。なかなかの誘導尋問だが」

「ちぇっ。ばれたか」

春は肩をすくめた。志土はハハッと開けっぴろげに笑った。

正面から強い風が吹き付ける。

白い船が徐々に大きくなってきた。

志士は船に向かって大きく手を振った。コートのポケットの中で、かちゃかちゃと懐中電灯が音を立てる。

その音を聞き、二人はなんとなく顔を見合わせた。

志士がニヤリと笑い、風になぶられる髪を押さえて口を開いた。

「よし、船が来るまでの間だけ、俺もおまえの妄想につきあってやろう。そうだな——二万五千分の一の地形図の記事——おまえが分からないと言っていたヤツ。こんな答えはどうだろう？　あの記事には漢数字がいっぱい含まれてたよな？　たとえば、あの数字を全部足すと、誰かの名前が現われてくるというのはどうだ？」

「なるほど、そういう手もあったか」

春は腕組みをして小さく頷いた。

志士は愉快そうに言葉を続ける。

「面白いだろう——凄い偶然だよな。たまたま目についた記事に出て来る数字を足してみたら自分の名前になるんだから。印象に残るのも当然だ」

「ふうん。じゃあ、新年号の記事は?」

「そうだなあ」

志士は顎に手を当てて、もったいぶって考える表情になった。

「あれは、俺が思うにはこうだ。きっと、その名前には一族に秘められたささやかな歴史があるのさ。たとえばここに、代々年号の名前を子供に付ける習慣がある家があったとしよう――」

船の音がどんどん大きくなってきた。

舳先が海を切り裂き、白い飛沫《しぶき》が船を包むように迫ってくる。

「それで?」

春は声を張り上げた。

「俺の妄想によると――」

志士の声は、強まる潮風と船の音にかき消され、春の耳に届かなくなった。

III picture

puzzle

あなたは、死にゆく人間を見たくありませんか？

死んでいく人間とゆっくり対話をしてみたくありませんか？

彼は徐々に増していく風の音を聞きながら、じっと暗がりの中にうずくまっていた。

窓には防水シートが貼り付けてあるが、時々風にばたばた震えるのが分かる。風の通り道は外れていると思うが、大荒れになったらどうなるか分からない。

なぜ来てしまったのだろう。

彼は目の前の車椅子に座っている和人《かずひと》を見つめる。

こんなふうにこいつと再会するなんて、いったい誰が予想できただろう。

死にそうというよりは、もうほとんど死人だ。人間というよりも、骨に薄くポリエチレンか何かを貼り付けたように見える。もう和人はこの世の人間とは思えなかった。

床のコンクリートの上に置かれたランプは、それを囲んで座っている五人を昔話の登場人物のように見せている。

学校の中に打ち捨ててあった椅子を集め、ランプを囲んで座ってから何時間経ったろう。

まだ夜になってはいなかったが、悪天候のために外はひどく暗かった。

誰も口をきかない。だが、退屈ではなかった。濃密な一体感。奇妙な連帯感のようなものが生まれていて、このランプを囲んだところだけが浮き世離れした密度の濃い空間を作っている。

嵐の一夜。死にゆく男を囲み、思い出の夜にするには結構なお膳立てだった。

あなたは、死にゆく人間が見たくありませんか？

死んでいく人間をじっと目の前で見つめてみたいと思ったことはありませんか？

もっと若い連中を想像していた。

自分が傷つくことにばかり敏感で、全てを人のせいにして、勉強もしない、働きもしない。でも税金や親の金を自分が無為に遣っていることにはいっこうに鈍感な若い連中。

そういう人間が引き寄せられてくるのではないかと危惧していた。

だが、ランプを囲んで座っているのは、自分と同世代の、むしろバリバリ働いていていそうなまともな男たちばかりである。

彼はそのことに安堵《あんど》しつつも、和人が慎重に最後の観客を選んだことを確信していた。この世の最後に語るのが、電波系の馬鹿や精神世界にどっぷり浸《つか》った顔色の悪い女では、さすがの和人も成仏《じょうぶつ》できまい。いや、和人は成仏なんてものを信じていないのだから関係ないか。

彼はじっと他の三人の顔を見つめていた。社会的地位がありそうな男たち。これなら口も堅いだろう。当然ながら、彼はわざわざここまでやってきた彼等に興味を覚えた。

何が彼等をここに呼び寄せたのか。

もちろん、自分も他の三人の興味の対象になっているのはよく分かっている。

彼は他人の目に自分がどう映っているか承知している。

上品で、金が掛かっていて、頭はいいがちょっと変人の、いいところの坊っちゃん。

もう坊っちゃんという年でもないな、と彼は考え直した。

自分はなぜここにやってきたのだろう、と彼は考える。

あのメイルを見たからか。あのメイルに魅力を覚えたからか。友人の自殺幇助《ほうじょ》をするためか。


あなたはその瞬間を見たくはありませんか?

あなたにもいつかは訪れるその瞬間を?


そのメイルが送り付けられた時、彼は単なる悪戯だと思った。

だが、メイルは度々送られてくるようになった。

いつもほんの二行だけ。すこしずつ文章は異なっていたが、内容はいつも同じだった。

彼は別の意味でこのメイルに着目した。誰かがスナッフ・ビデオを売っているのではないかと思ったのである。

きちんと調べてみようと考え始めた頃、突然きちんとした招待状の文面がメイルで届いた。最後の署名に彼は驚いた。高校時代の友人で、長く疎遠になっていて、失踪したと聞いていた和人の名前があったからである。

「――僕のはちょっとこじつけなんですよ。何かないかなとパラパラ地図の本をめくってたんです。ほんとは釣りや沢登りが好きなんですけど、仕事が忙しくてここ三年ほど全然行けないんです。最近は地図を眺めるのが密かな楽しみでね」

誰かが喋っている。薄く色のついた眼鏡《めがね》を掛けた、実直そうな男だ。

自分の選んだ記事に、どんなふうに名前が織り込まれているのかを説明しているのだ。

最初は互いに警戒しあっていたが、話を進めるにつれ、不思議な親近感を覚えてきたのは確かだった。

この奇妙な一夜を——よく考えれば（よく考えなくとも分かることだ）、不遜《ふそん》とも残酷ともグロテスクとも思える一夜を共に過ごす同志として。

なるべく互いに情報を与えないように、目立たぬ格好で、身元の分かるものを持つのは避けて、と和人に指示されていた。

だが、人間というのは親しくなるとちょっとした打ち明け話をしたくなるものである。

自分の名前を織り込んだ記事を持参せよという和人の指示に、人に見られて名前を当てられたらどうしようと不安に思っていたが、過ごす時間が長くなるにつれそんな警戒心も薄れて、どんなふうに自分の名前の入った記事を選んだか、気が付くと話し始めていた。

既に自分たちは共犯者なのだという自覚が彼等の連帯感を強めていたのだ。

「なんとなくこの文章を見ていたんです。そしてふと思いました。やけに数字の多い文章だな、と。その時の自分の心境がよく分からないんですが、気が付くと電卓を取り出して文章に出てくる数字を足していました。これね、合計すると五万とんで一五九なんですよ」

男はコンクリートの上に積もった砂の上に指で50, 159と書いた。

「その数字を見た時はほんとにびっくりしましたよ。まさに僕の名前が全部含まれてるんだから。まあ、こじつけなのは認めますがね。僕の名前は、五十嵐《いがらし》重護《しげもり》っていうんです。ゴジュウの嵐に、重い軽いの『重い』に、動物保護の『護』です。友人にはずっとジュウゴジュウゴと呼ばれてたんですよ。音読みするとジュウゴと読めるでしょ」

小さな驚きの声が上がった。

彼も素直に感心する。こういう偶然は何のために存在するのか。誰かがこの時のために仕組んでおいたのだろうか。この男がいつか数字を合計して自分の名前を見つけ出すだろうと予想して？

「じゃあ、僕の番、だな」

和人がゆっくりとした発音で話し始めた。

ぴくりとも動かぬ和人が声を発すると、とても珍しいものを見ているような気がして目が引き寄せられる。その骨と皮となった身体とは裏腹に、まだ彼の声は張りを失っていないのが異様だった。

和人は高校時代の思い出を混ぜつつ、自分の名前をどう織り込んだか説明していた。

彼は自分と同じ風景が和人の脳裏に浮かんでいることを実感した。

もちろん、和人は彼とかつて高校時代の同級生だったなどとはおくびにも出さない。

あくまでここで会った彼とは初対面で通すつもりでいるのだ。自分が彼と同級生だったなどと口に出せば、彼の素性を特定する手掛かりを与えることになる。それはお互いに何のメリットもないことは、二人ともじゅうぶん過ぎるほど理解していた。彼も和人と同じように、他人のふりを装っている。

ごおっという強風に、建物全体がガタガタと揺れ、みんなが同時に天井を見上げた。

こんな天気になるとは思わなかったが、和人のスケジュールを変えるわけにはいかなかった。彼は自殺を決意してから三カ月以上も絶食してきたが、ついに三日前から水分を摂ることも中止していた。この日のために、タイミングを計ってきているのだ。上陸するための船をどうやって手配したのかは知らないが、それもこの日のためにスケジュールを調整していたことは確かである。

和人に遠慮して、他の四人も食事は最低限のものにした。おにぎりを少し、お茶と缶ビール。だが、不思議と空腹は感じなかった。

和人は食事というものに対する心境を語った。

もう、食べ物という存在自体が異様に見える。誰かが食事をしているシーンに違和感を感じ、見ているだけでもういいという気持ちになる。かつて自分がそんな行為をしていたことが信じられない。あまりにも食べ物がピカピカしていて、作り物めいて見え、それがとうてい口に入れるものだとは信じられなくなる。食べるという行為自体がグロテスクに思えてくるのだ。

男たちは魅入られたように和人の話を聞く。

和人の感じていることを追体験しようと試みる。

子供の頃、話好きの老人に怪談を聞かされた夏の夜のように、男たちの目は無心にキラキラと輝いている。

「私の家ではね、代々生まれた子供には年号と同じ名前を付けるようにっていう変な習慣があるんですよ。お察しの通り、私の名前は昭和と書いて『あきかず』です。うちはなかなか堅苦しい家庭でね。教育熱心というか、なんというか、小さい頃から息をひそめて生活してたって記憶しかないんですよ。父も母も名前を付けた祖父も、みんな教師だし説教好きだしね。私は神経質な子供でした。皆さんはどうか知りませんが、私は子供の頃やたらと鏡文字を書いたんです。子供が字を覚える過程で、よく起きることらしいんですけど、裏返しになった文字を書くんですね。親はうるさく直させたんですが、それがかえって強迫観念になって、直らない。緊張すると鏡文字を書いてしまうんです。普通は字を覚えてしまうと書かなくなるものらしいのに、私は小学校に上がっても暫く書いてました。答案用紙に鏡文字を書いてあると親が怒ってね。成績は悪くなかったんですが、親が答案用紙の文字をチェックするのが怖くて怖くてたまらなかった。で、それでも学年が進むにつれてなんとか直りましたが、最後まで直らなかった文字がありましてね——小学校四年くらいまでは、緊張すると無意識のうちにどうしても鏡文字になってしまう文字がありました。自分の名前です。『昭和』の字が反転した文字になってしまうんです」

別の男が話している。穏やかな感じのする、天然パーマの男だった。

この男は教師ではないか、と彼はなんとなく思った。話し慣れた感じ、みんなの顔を見て言葉が浸透しているか確かめる感じ。その様子からそんな印象を受けたのだった。

「その頃、この記事を読みましてね。本当は、私の名前は『光文』のはずだった。それが本当の自分の名前だった。『光文』だったら別の人生を送れていたかもしれないのに。根拠もないのに、そういう確信みたいなものがそれ以来私の中にすみついてしまったんですね。というのも、『光文』だったら、反転しても間違いにはならないからです。『光文』の鏡文字は、正確には違いますが、小学生の男の子の文字なら反転しても間違いじゃない。だから、親に叱られることもなかった。叱られない自分、『光文』という名前の自分が私にとっては本当の自分だったんです」

本当の自分。誰もがそう考えるものだ。本当の自分はこんなものじゃない。ここは本当の自分の居場所ではない。みんなそう思いながら暮らしている。けれど、本当の居場所などどこにもないのだ。

彼は、みんなが自分を見ていることに気付く。自分の番が来たのだ。

彼は言葉少なに語る。尊敬する映画監督の名前と自分のイニシアルが同じだから。

かつて宇宙に憧れ、科学は万能であり原子力は夢のエネルギーであった少年の頃が懐かしいから。二〇〇一年には、人類は全てを解決し全てを手に入れていると信じていた少年の自分が愛《いと》しいから。

彼は淡々と語る。みんなが共感を込めて頷く。

男たちは語り続ける。次々と和人に尋ねる。

どんな心境なのか？　何かしておきたいと思うようなことはあるのか？　子供の頃の記憶が鮮明になったり、これまでの記憶が蘇《よみがえ》ってきたりするのか？　恐怖はあるか？　焦燥《しょうそう》や虚無は？　自分はどこへ行くと思うのか？

来世を信じるか？

男たちは熱心だった。和人は一つ一つ丁寧に答える。その落ち窪《くぼ》んだ目に、滅《ほろ》びの予感とかすかな哀れみを覗かせつつ、現世を生きる男たちにご神託を与えるのだ。

それは教師を囲む生徒のようだった。真剣に解答を求める生徒たち。自分の言葉が届かないことに絶望しつつも辛抱強く語り続ける教師。

なんという夜だろう。

彼はその会話に加わらない。ただじっとその会話を静かに聞いている。質問する男たちの顔を、それに答える友人の顔を見つめ続ける。

なぜ和人は俺がこの夕べに参加すると思ったのだろう。俺の現在就《つ》いている職業を知らないはずはない。なぜ自分の企てが妨害されるとは考えなかったのだろう。

彼はじっと考えている。

なぜ俺はここに来たのだろう。なぜ彼の計画を阻止しようと思わなかったのだろう。

彼は自分に問い続ける。

死にゆく男の顔を見つめながら。


雨が降り始めていた。

「妹が園芸や料理に凝っていてね。これは彼女の本棚にあった本を抜き書きしたものなんだ。三つのBというのが気に入っていた。それは俺の名前が入っていたからだ。番場武一《ばんばたけかず》。それが俺の名前だ。読み方は『たけかず』だが、さっきの彼みたいに、友人はブイチブイチと呼んでいた。これで三つのB——おい、なんだかえらい勢いで降ってるな」

ひょろりと背の高い男は、あっけらかんと自分の持参した記事について語り、急に顔を上げた。

教室の廊下の窓に、大量の雨が吹き込んでいるのが目に入ったのだ。

三つのBを名前に持つ男につられてみんなが廊下に目をやる。

「ちょっと天気予報聞いてみるか」

男は自分の後ろに置いておいた古いラジカセに手を伸ばす。ラジオのスイッチを入れるが、雑音があまりにも多く、ほとんど声が聞き取れない。

「駄目だな、ここ」

「携帯通じるのかな」

「さっき電源入れてみたけど、この辺りは駄目だった」

ひそひそと男たちが話し合う。身元不明を装う彼等も、携帯電話だけは手放せなかったようだ。

彼もそっと胸に手を当てる。彼もさっきひそかに電源を入れてみていた。場所によって入ったり入らなかったりするのは、この島の地形のせいだろう。

「どれ、気象情報を聞いてくる。ついでにトイレに行ってくる」

ラジカセを取り上げ、三つのBの男が立ち上がる。

他の男たちが見送った。

廊下に出た男が小さく声を上げるのを聞き、和人を除く他の男たちも廊下に出た。

「うわっ」

「見ろ、あんなに水位が上がってる」

男が指差すところを見て、彼はぞっとした。

高層アパートに囲まれた中庭が少し離れたところに見えるのだが、一番下の階はすっかり溜まった水で見えなくなっていた。たくさんの木切れが浮かんでぐるぐる回っているのが見える。

「すげえ。あそこは低いから、周りから水が流れ込んでくるんだ」

「この島はコンクリートでできた鍋みたいなもんだからな。あそこが鍋底ってわけだ」

「池みたいになってる。持ちこたえられるのかな」

口々に興奮した声を上げ、彼等は少年のように目を輝かせていた。スリルと冒険。少年の日の絵本のような光景。

「よし、見に行こう」

彼以外の三人の男が足早に駆け出していく。

「おい、気をつけろよ」

彼はそう呟きかけた言葉を飲み込んだ。

それまで話に夢中になっていて気付かなかったが、外はいつのまにかすさまじい暴風雨になっていた。

初めて彼は恐怖を感じた。周りは海。堤防が決壊したらどうなる？　波に飲み込まれ、遥か遠い海原へと運ばれてしまうのだろうか。

荒れ狂う風が、島の中の建物全てを駆け抜けてゆく。屋根を崩し、窓を割り、壁をはがす。全てを破壊し尽くそうとする巨大な意志が彼を揺さぶる。

ふと、振り返ると、教室の中のほのかな明かりの中で、静かに和人がこちらを見ていた。

彼は和人に向かって歩き出す。

「外を、見せてくれ」

小さく呟いた和人の声に頷き、彼は和人を乗せた車椅子をゆっくり廊下に押してゆく。

すっぽりと島は音の檻に放り込まれていた。

大声で叫んでも聞こえない。こうしてすぐそばにいても、耳元で声を張り上げないと会話が成立しないのだ。

二人は白黒映画と化した世界の中でじっと外を見ていた。

人類が滅亡したあとの都市に残されたような気分だった。

もう本当にこの世は終わっていて、俺たち二人きりなのかもしれない。

彼は和人と一体感を覚えた。恐らく和人のほうでも同じものを感じているに違いないと思いながら。

　彼は教室の床からランプを運んできて、廊下と教室の間にある、すっかり窓がなくなってしまった枠のところに載せた。和人の頭がゆらゆらと明るく浮かび上がる。

「なんだか肌がチクチクするな」

　彼は呟く。

「静電気だ。低気圧が近付いてるんだ」

　和人が厳《おごそ》かに答えた。

　突然、すさまじい閃光《せんこう》が走った。

　世界が真っ白になり、その瞬間だけ無音になる。

　彼も和人も何も見えなかった。

　と、次の瞬間世界は暗転し、爆発音のような大音響が世界を貫《つらぬ》いた。

　ぴしゃあああんという金属音と、地鳴りのような重低音が重なり合う。

空気がびりびりと震えた。音の衝撃と圧力に、どこかで建物ががらがらと崩れ落ちる音がする。

と、彼は鳥肌が立つのを感じた。

変化している。空気が変質しつつある。

ふわっと顔が暖かくなった。なんだか顔が濡れている。洗い物を済ませた母親に顔を撫でられたような感じだった。

「見ろ」

和人が興奮して叫んだ。

彼は顔を上げ、和人の視線の先を見る。

高層アパートが姿を消していた。

いや、真っ白な霧――霧というよりも水の壁に包まれているのだ。

水が吸い上げられている。高層アパートに囲まれた狭い中庭が煙突状になり、地面に溜まった水が空中へと吸い上げられているのだ。

「見ろ、さまよえるオランダ人だ！」

和人の勝ち誇ったような声が彼の耳に突き刺さる。

その瞬間、彼は見た。窓の外の霧状になった空気に、ランプの光に照らされた自分と和人との影が巨人の影となって空中に浮かび上がっているのを。

そうだな。俺たちだって、いつもこの不確かな世界という海をさまよっているんだもんな。

彼は気が付くと、何度も繰り返し頷いていた。

どれだけの時間そうしていただろう。

雨と風が島を攻撃し続け、全てが過ぎ去るその時まで、彼はじっとその場に立ち尽くしていた。

そして、雨が小降りになり、空が明るくなって、夜明けが近いことにようやく気付いた時、彼はふと隣りに座っている友人の顔を見た。

友人は既にこときれていた。

宴《うたげ》のあと。

彼はそんな気分で黙々と廃墟の中を歩き回り、後片付けをした。

三つのBの名を持つ男は、まだ水の引かない、映画館のある中庭に浮かんでいた。

近くにラジカセが浮かんでいる。スイッチはオンになっていた。電化製品を持って水の中に立っているところを落雷にあったとなれば、ひとたまりもなかったろう。電気は水を伝い彼の身体を貫いたのだ。

彼はラジカセを踏みつぶし、近くの穴にほうり込み、瓦礫をその上にかぶせた。

なんとなく水に浮かべているのが忍びなくて、男を映画館の中に引きずっていって座らせた。携帯電話を回収するのも忘れなかった。番号を調べられたら、持ち主が一発で分かってしまう。

地図の数字に名前が入った男は、さんざん探し回った揚げ句にアパートの屋上で見つかった。嘘みたいだと思った。真空状態になった中庭から水と一緒に屋上まで吸い上げられたのだ。誰も信じてくれないだろうな、と彼は小さく笑った。もちろん彼のズボンのポケットからも携帯電話を回収した。

年号の名前を持つ男はついに見つからなかった。遠い海原に飛ばされたのか、波に飲み込まれたのか結局分からなかった。だが、彼は教室に残していた上着に携帯電話が入っていたので、特に問題にはならないと思った。

空は明るく晴れ上がっていた。

彼は最後に教室に戻り、友人を床に横たえた。

眠りについた友人に小さく手を振って、彼は車椅子を押しながら教室を出ていった。

来た時には四人がかりで持ち上げた車椅子も、主《あるじ》を失ってがたんがたんと空しい音を立てて階段を降りて行く。

彼は船着き場に立つ。

車椅子はぷくり、と小さな泡だけを残して音もなく海の底に沈んでいった。

あとは迎えに来る船を待つばかりだった。よほど和人に恩があるのか、船を操《あやつ》る老人は一言も口をきかなかったことを思い出す。帰りが彼一人だということに、何か不審そうな顔を見せるだろうか？

まあいいや、と彼は考えた。

彼は船着き場に立ち、一人で回想している。

夢のような一夜のこと、友の最後の夜のこと。

さまよえるオランダ人だ！

勝ち誇ったように叫んだ友人の声が耳の奥に谺《こだま》する。

なんて奇妙な夜だったことだろう。思い起こすとすべてが幻のような気がしてくる。本当にあったことなのだろうか？　最初から俺は一人きりでこの島に来て、一晩夢を見ていただけなのではないだろうか？

彼は誰かにこの体験を話したいという衝動に駆られる。

いや、話せなくてもいい、もう一度この島に来たい。あのマジックアワーを思い浮かべながら、もう一度ここを歩いてあの体験を反芻《はんすう》したい。

彼の心は不思議な幸福感でいっぱいだ。

誰と来よう？　誰とここを歩こう？

彼はその時、自分と同期の一人の男の顔を思い浮かべている。

おことわり

冒頭の「piece」で引用した文献は以下の通りです。
引用の解釈は全面的に著者に責任があります。

・さまよえるオランダ人、またはさまよえるオランダ船
「妖怪と精霊の事典」ローズマリー・グイリー著　（青土社）
松田幸雄訳
「迷信なんでも百科」ヴァルター・ゲルラッハ著　（文春文庫）
畔上司訳

前記の二人の文献から引用し、著者が組み合わせました。
・スタンリー・キューブリック、MGMの出資でシネラマ映画『星々の彼方への旅』を製作
「未来映画術『二〇〇一年宇宙の旅』」
ピアース・ビゾニー著
浜野保樹・門馬淳子訳
（晶文社）
・新年号「光文」のスクープ
「現代こよみ読み解き事典」
岡田芳朗・阿久根末忠編著
（柏書房）
・ボストンブラウンブレッド
「ターシャ・テューダーのクックブック」
ターシャ・テューダー著
相原真理子訳
（文藝春秋）

・二万五千分の一地形図はこうして作られる
「アウトドア・ブックレット⑪マップ・ブック」（小学館）

※写真集『棄景Ⅱ』よりカバーの写真を使用することをご快諾いただきました丸田祥三氏に深く感謝いたします。

一〇〇字書評

切り取り線

本書の購買動機（新聞名か雑誌名か、あるいは○をつけてください）

＿＿＿新聞の広告を見て	雑誌の広告を見て	書店で見かけて	知人のすすめで

住　所

なまえ

年　齢

職　業

あなたにお願い

この本をお読みになって、どんな感想をお持ちでしょうか。右の「一〇〇字書評」を私までいただけたらありがたく存じます。今後の企画の参考にさせていただきます。

あなたの「一〇〇字書評」は新聞・雑誌などを通じて紹介させていただくことがあります。そして、その場合は、お礼として、特製図書カードを差しあげます。

右の原稿用紙に書評をお書きのうえ、このページを切りとり、左記へお送りください。電子メールでもけっこうです。

〒101-8701　東京都千代田区神田神保町三―六―五
九段尚学ビル　祥伝社
☎（三二六五）二〇八〇
祥伝社文庫編集長　加藤　淳
bunko@shodensha.co.jp

祥伝社文庫

上質のエンターテインメントを！　珠玉のエスプリを！

祥伝社文庫は創刊15周年を迎える2000年を機に、ここに新たな宣言をいたします。いつの世にも変わらない価値観、つまり「豊かな心」「深い知恵」「大きな楽しみ」に満ちた作品を厳選し、次代を拓く書下ろし作品を大胆に起用し、読者の皆様の心に響く文庫を目指します。どうぞご意見、ご希望を編集部までお寄せくださるよう、お願いいたします。

2000年１月１日　　　祥伝社文庫編集部

●NPN809

puzzle（パズル）　推理小説

平成12年11月10日　初版第１刷発行

著者　恩《おん》田《だ》　陸《りく》

発行者　村木　博

発行所　祥《しょう》伝《でん》社《しゃ》
東京都千代田区神田神保町3-6-5
九段尚学ビル　〒101-8701
☎ 03（3265）2081（販売）
☎ 03（3265）2080（編集）

印刷所　萩原印刷

製本所　豊文社

ISBN4-396-32809-5 C0193

祥伝社のホームページ・http://www.shodensha.co.jp/

祥伝社文庫

西村京太郎
山村　美紗ほか
不可思議な殺人

十津川警部が、令嬢探偵キャサリンが難事件に立ち向かう。あなたはいくつ、トリックを見破れるか？

法月綸太郎
一の悲劇

誤認誘拐が発生。身代金授受に失敗し、骸《むくろ》となった少年が発見された。鬼畜の仕業は誰が、なぜ？

法月綸太郎
二の悲劇

単純な怨恨殺人か？　ＯＬ殺しの容疑者も死体に…翻弄される名探偵法月綸太郎を待ち受ける驚愕の真相！

綾辻行人
緋色《ひいろ》の囁《ささや》き

名門女子校で相次ぐ殺人事件。転校して来たばかりの冴子《さえこ》に、疑惑の眼が向けられて…。殺人鬼の正体は!?

綾辻行人
暗闇の囁き

妖精のように美しい兄弟。やがて兄弟の従兄《いとこ》とその母が無惨な死を遂げ、眼球と爪《つめ》が奪い去られた…。

綾辻行人
黄昏《たそがれ》の囁き

「ね、遊んでよ」謎の言葉とともに殺人鬼の凶器が振り下ろされた。兄の死は事故として処理されたが…。